KB112646

퇴근길 MBA

퇴근길 MBA

발행일   2023년 5월 19일

지은이   박승호, 이정아, 박소영, 박희덕, 권영희, 조슬기, 구슬
펴낸이   손형국
펴낸곳   (주)북랩
편집인   선일영   편집   정두철, 배진용, 윤용민, 김부경, 김다빈
디자인   이현수, 김민하, 김영주, 안유경, 최성경   제작   박기성, 황동현, 구성우, 배상진
마케팅   김회란, 박진관
출판등록 2004. 12. 1(제2012-000051호)
주소   서울특별시 금천구 가산디지털 1로 168, 우림라이온스밸리 B동 B113~114호, C동 B101호
홈페이지   www.book.co.kr
전화번호   (02)2026-5777   팩스   (02)3159-9637

ISBN   979-11-6836-875-0 03810 (종이책)   979-11-6836-876-7 05810 (전자책)

(주)북랩 성공출판의 파트너
북랩 홈페이지와 패밀리 사이트에서 다양한 출판 솔루션을 만나 보세요!
홈페이지 book.co.kr   •   **블로그** blog.naver.com/essaybook   •   **출판문의** book@book.co.kr

작가 연락처 문의 ▸ ask.book.co.kr
작가 연락처는 개인정보이므로 북랩에서 알려드릴 수 없습니다.

더 나은 내일을 준비하려는 직장인들을 위한
MBA 성장 스토리

퇴근길 MBA

박승호, 이정아, 박소영, 박희덕, 권영희, 조슬기, 구슬 지음

북랩

C O N T E N T S

MBA 수업이 있는 날이었다. 어느 날과 다름없이 일상적인 업무와 늦은 수업으로 지친 몸을 이끌고 집으로 가던 늦가을 밤 하굣길이었던 것으로 기억난다. 집으로 가는 방향이 같았던 원우와 함께 차를 타고 가다 문득 인생에 있어 죽기 전에 하고 싶은 '버킷 리스트'가 있냐고 물어봤었다.

그 질문에 원우는 주저 없이 글을 쓰고 책을 짓는 것이라 했다. 그 말을 듣고 기쁘기도 했고 놀랍기도 했었다. 기뻤던 것은 잊고 있었던 나의 꿈을 상기하게 되었다는 것에 그랬고, 놀라웠던 것은 나와 같은 꿈을 가진 이를 MBA 과정에서 만났다는 것이었다.

대학 1학년 때 처음 만났던 우리 과 동기가 내게 말해줬던 그의 꿈이 기억난다. 그는 꼭 본인의 이름 석 자로 된 책을 내는 것이 꿈이라고, 졸업하기 전에 반드시 책을 쓰겠다고 했었다. 그때 책을 쓰겠다는 그 친구가 참 멋지고 대단해 보였다. 당시 들었던 생각은 글을 쓰는 작가는 아무나 할 수 있는 분야가 아니었고 글쓰기 능력은 물론 전문성이 꼭 필요한 분야라고 생각했었다. 그래서 본인의 책을 쓰겠다는 그 친구가 대단하게 느껴졌고 새삼 멋있어 보였다.

그때부터 그랬던 것 같다. 나도 언젠가 내 이름자 적힌 책을 출판해 보리라는 막연한 꿈을 가졌다. 하루하루를 치열하게 살아내느라 잠시 잊고 있었지만, 친해지기 전 수줍게 서로를 알아가던 그 원우와 하굣길에서 할 말이 없어 무심코 던진 질문에 잊고 있었던 나의 꿈을 되찾게 된 것이다. 그때 그 원우와 함께 MBA에 대한 책을 내어 보자는 주제로 수다를 떨며 시간이 가는 줄도 모르고 집으로 향했던 것이 기억난다.

일상 업무와 늦은 밤 수업은 사실 피곤하다. 하지만 그날의 하굣길은 그리 피곤하게 느껴지지 않았고 오히려 잊고 지냈던 꿈을 실현할 수 있다는 기대로 조금은 설레기도 했었다. 그렇게 이제는 단짝 친구가 된 원우와 가볍게 나누었던, 어색함을 이기고자 시작한 막연한 책 쓰기가 경영대학원 정규 석사 과정을 마치고 MBA 학위를 취득한 지금 현실이 되었다.

2023년 봄의 초입에서
박승호

어쩌다 MBA

박승호

01

MBA를 시작한 진짜 이유

뭐가 그리 급했는지 대학 시절, 4학년 1학기에 남들보다 이른 취업을 했다. 그때 나의 목표는 전공인 토목공학을 살려 건설 엔지니어가 되는 것이었다. 취업하기까지 진로에 대해 꽤 많이 고민하고 또 고민했었다. 직장보다는 직업에 중점을 두고 진로를 설계했다. 목표가 명확한 편이었기에 전공 공부도 소홀히 하지 않았고 엔지니어가 되기 위한 지식과 소양을 차근차근 쌓아 나갔다.

하지만 졸업이 다가올수록 정말 내가 건설 엔지니어가 되고 싶은지, 건설 엔지니어가 된다면 보람을 느낄지, 경쟁력 있는 엔지니어가 될 수 있을지 하는 또 다른 고민이 생겼다.

긴 시간 고민 끝에 내린 결론은 엔지니어보다는 내게 강점이 있는 마케팅, 기술 영업 분야로 도전해보자는 것이었다. 엔지니어가 되는 것도 좋은 선택지겠지만 기술을 가진 영업전문가로 성장하는 것이 더 승산이 있다고 생각했다. 어렸을 때부터 나는 사람을 설득하고 마음을 얻는데 재능이 있었던 것 같다. 사람들 앞에서 말하는 것도 크게 두렵지 않았다. 엔지니어로 살게 된다면 그 나름 만족하는 삶이었겠지만 나의 장점을 크게 발휘하기도 어렵고 끊임없이 공부하지 않으면 훌륭한 엔지니어로 성장하는데 한계가 있다고 생각했다. 무엇보다 돈을 많이 벌고 싶은 욕심이 있었다. 그 당시에 막연하게 엔지니어보다는 사업가가 더 많은 돈을 벌 수 있으리라 생각했다.

그렇게 언젠가는 큰돈을 벌 사업가가 될 것이라는 막연한 기대 감으로 첫 회사부터 지금의 회사까지 열정 하나만으로 건설 강재 분야의 마케팅 영업전문가로 20여 년간 열심히 살아왔다.

여느 날과 마찬가지로 치열한 하루를 보내고 있던 2020년의 늦여름의 어느 날, 사내 게시판에 게재된 [국내 국공립 MBA 지원제도]라는 글을 보게 되었다. 평소 같았으면 스치듯 보고 지나쳤을 게시판이었지만 눈을 떼지 못한 채 꽤 오랫동안 생각에 잠겼었다.

퇴근 후에도 'MBA 지원제도'라는 문장에 머무른 마음이 떠나질 않았다. 매일 숨이 턱 끝까지 차오를 정도로 바쁜 회사생활을 하느라 공부는 내게 언감생심이었지만 동시에 직급이 올라갈수록 경영학 소양이 필요하다고 느끼고 있을 때였다. 공학 지식을 베이스로 우리 산업군에서 두각을 나타냈지만, 스텝업을 위해서는 다른 무언가가 필요한 시기였던 것이다.

MBA를 통해 성장하고 싶은 마음도 컸지만, 더 솔직하게는 쉬어가고 싶은 마음도 있었다. 회사, 가정, 학업을 병행해야 하는 MBA 과정을 쉽게 본 것은 아니지만 새로운 도전인 만큼 리프레시가 될 것 같았다. MBA를 시작하게 된다면 성장과 휴식 두 마리 토끼를 모두 동시에 얻을 수 있다고 생각했다. 그런 마음으로 고민 끝에 사내 MBA 지원제도에 지원했고, 나와 같은 마음으로 많은 사우들이 지원했지만 감사하게도 나에게 기회가 주어졌다.

사내 지원제도에 합격하면 끝일 줄 알았는데 그다음 과정이 문제였다. 서울 소재 국·공립대학교 중 MBA 과정이 있는 곳을 찾아 지원하고 합격하는 것, 그것이 더 큰 문제였다. 서울에 소재하고 있는 국·공립대학 중 MBA 과정을 운영하는 곳은 서울대학교, KAIST, 서울시립대학교밖에 없었다. 그중 서울대학교와 KAIST는 전일제 과정이고 결국 일을 하며 야간에 다닐 수 있는 곳은 서울시립대학교뿐이었다. 서울시립대학교의 입학 전형을 보니 대학 학부 성적, 자기소개서, 면접전형 등으로 이루어져 있었다. 막상 '21년도 전기 MBA 과정에 지원하고 보니 높은 경쟁률과 자기소개서, 면접 등 넘어야 할 산이 한두 개가 아니었다.

학부 성적이야 이미 돌이킬 수 없는 것이고, 구술면접도 나의 경력과 학업 계획을 위주로 질문할 것 같아 솔직하게 대답하면 될 것 같았다. 문제는 자기소개서였다. 서울시립대학교에서 제시해 준 에세이 형식의 자기소개서는 그간의 성장 과정 또는 가정환경, 성격, 인생관을 간략하게 기술하고 지원동기 및 학업 계획을 상세하게 기술하라고 되어 있었다. 바쁜 하루하루를 살아내느라 내가 누구인지, 어떤 사람인지를 잊고 살았던 터라 나를 찾기까지 꽤 애를 먹었다. 오랜 일기장을 꺼내 필사하는 마음으로 자기소개서를 써 내려갔고, 꽤 오랜 시간이 지난 후에야 자기소개서를 완성할 수

퇴근길 MBA

있었다.

졸업을 앞둔 지금, 자기소개서를 다시 읽어보니 잘 쓰인 자기소개글은 아니지만 그때의 떨림과 간절했던 마음이 고스란히 담긴 것 같아 피식 웃음이 났다. 지원할 당시를 돌이켜보면 실은 걱정과 숱한 고민으로 가득 찬 나날이었지만 추억은 다르게 적힌다고 회상하며 웃을 수 있는 기억이 있어 그저 감사할 따름이다.

02

그렇게 MBA가 시작 되었다

초거울 쌀쌀함이 느껴졌던 계절의 경계인 그때 '20년 11월 30일 토요일, 그날은 서울시립대학교 경영대학원 MBA 과정의 구술면접 이 있던 날이었다.

평소 주말 아침과는 다르게 일찍 일어나 면접 장소에 집결 시간 보다는 조금 일찍 도착하였다. 표현은 안 했지만 긴장한 마음을 애써 진정시켰고, 속속 도착하는 지원자들을 보며 내 차례를 기다 렸다. 동기가 될지 또 스쳐 지나가는 인연이 될지 모르는 사람들 또한 나와 같은 마음이었을 것이다. 나의 이름이 호명되어 면접장 으로 들어섰을 때 두 분의 교수님이 앉아 계셨고 내가 작성한 자기 소개 에세이를 보시며 내용에 대한 궁금한 점과 경영에 대한 포괄 적인 연구 및 학습을 할 자질이 있는지에 대한 질문을 하셨다.

특히 면접을 보신 한 교수님이 내가 작성한 에세이가 다른 지원 자보다 분량이 상당히 많아서 놀랐다는 점과 에세이 내용에 참 감 명 깊었다는 말씀을 주셨었다. 그래서 면접을 보고 집으로 돌아오 는 길은 당락의 불안함보다는 이미 합격한 마음이 들어 MBA를 다닐 생각으로 들떠 있었던 것이 생각난다.

하지만 그런 마음도 잠시, 예상보다 높은 경쟁률 때문에 합격 발표까지 남은 약 2주간은 떨어질 수도 있다는 생각에 잠을 제대로 이루지 못했다. 회사를 대표하여 지원하게 된 MBA에서 떨어지게 되면 개인적 창피함도 컸지만 사내 지원 경쟁을 하고 나에게 MBA 를 할 수 있는 기회를 양보해 준 동료들에게 늘 미안한 마음도 상당했다. 더불어 회사를 대표하여 나온 내가 떨어지면 회사의 명예를 더럽히게 될 것만 같은 생각이 들었던 것도 사실이다.

'20년 12월 12일 목요일 15시쯤, 합격자 발표가 있었다. 그때 회사 내 중요한 회의를 하고 있었던 것으로 기억이 난다. 회의에는 당연히 집중할 수 없었다. 합격자 발표 시간이 되었을 땐 떨어졌을 때 나를 어떻게 위로할 것인가를 염두에 두었던 것 같다. 초조하게 학교 홈페이지에 접속하여 당락을 확인할 수 있는 페이지에 접속했을 때 다행히도 합격이라는 문구가 눈에 들어왔다. 높은 경쟁률을 뚫고 합격했다는 만족감보다는 주변 지인 및 회사 동료들에게 떨어진 이유에 대해 구차한 변명을 하지 않아도 된다는 안도감에 마음이 놓였다.

사실 나를 위한 MBA이지만 경영학 석사학위 취득을 위한 2년여의 과정 동안은 분명 나와 함께하는 주변인의 희생과 도움이 필요하다고 생각되었다. 그래서 회사 내 지원제도가 게시되었을 때 제일 먼저 지원에 대한 의견을 물었던 것은 아내였다. 다음으로 부서 사람들과 HR 부서였다.

아내에게 MBA 지원에 대한 의견을 구하고자 말할 타이밍을 치밀하게 생각하여 어렵고 조심스럽게 말을 꺼냈던 것과 아주 시원스레 답변을 들었던 것이 생각이 난다.

늦여름 토요일 아침, 모닝커피를 마시며 그날따라 컨디션이 좋아 보이는 아내를 보고 '그래 바로 지금이야'라는 생각이 들었었고 "여보, 회사에서 MBA를 지원해 준다는데 나 사실 대학 다닐 때부터 MBA 해보고 싶었어. 회사 지원이라 돈 들어가는 거 없는데 지원해 봐도 될까? 또 지원한다고 다 되는 건 아니야. 회사 내 경쟁도 해야 하고 또 일정 등급의 영어시험 성적도 제출해야 해. 학교도 직접 지원해서 합격해야 한다고 하더라. 한편으로는 아빠가 늦게 공부하는 모습 보면 우리 아이들이 보고 느끼는 점이 많을 것 같기도 한데, 어떻게 생각해?"라고 아내의 눈치를 봐 가며 조심스럽게 꺼내자, 아내는 "평소에도 일한다고 매일 늦게 오는 당신이 새삼 공부한다고 조금 더 늦게 온다 한들 뭐 집안사에 큰 영향이 있겠어? 하고 싶었다면 해봐"라며 흔쾌히 허락을 해주었다. 난 그때를 잊을 수 없다.

나의 의사결정과 행동에 있어 가장 큰 영향을 미치는 아내를 설득하고 동의를 얻는 것을 시작으로 나의 MBA는 힘차게 첫발을 내디뎠던 것이 새록새록 기억난다.

아내의 동의를 얻은 후 HR 부서 교육담당자에게 MBA 지원 신청서를 제출하고 사내 면접 준비를 했다. 먼저 영어성적으로 TOEIC Speaking Level 6 혹은 OPIc IM2 이상의 등급 성적서를 제출해야 했고 다음으로 임원 면접을 통하여 최종 선발이 되는 과정이었다. 사실 사내 임원분들이 면접관이셨기에 업무적으로는 나에 대해 그 누구보다도 잘 아실 거라는 생각이 들었지만, 어떤 이유로 MBA를 지원하게 되었는지에 대한 설명과 설득이 필요했다. 면접관으로 들어오시는 임원분들 또한 사내 MBA 지원제도를 통해 MBA 경험이 있으셨기에 어떤 것을 배우고 어떤 경험을 할 수 있을지 잘 아시는 분들이었다.

사내 면접 당일 두 분의 임원분들 앞에서 MBA 지원 동기에 대해 면접을 보며 나의 실무 경험과 학업 의지를 장황하게 설득이 아닌 설명을 늘어놓았던 것이 생각난다. 그때 두 분 모두 공통으로 하셨던 말씀은 MBA는 공부도 중요하지만, 함께 다니는 대학원 동기들과 네트워크를 형성하는 것, 또 주어진 다양한 경영사례 연구를 하는 것이 무엇보다 중요하다는 것이었다.

이제 4학기의 MBA를 지내고 난 후 "MBA에 대체 뭐가 있는데요?"라고 누가 물어본다면 과감하게 두 분의 사내 임원 면접관들이 나에게 말씀해 주셨던 것과 같이 말할 것이다.

03

마흔셋의 교정(校庭), 걱정보다는 설렘

"학교 정문이 어디 있지?"

그렇다. 서울시립대학교를 한 번이라도 다녀가 본 적이 있는 사람은 이 말의 의미를 쉽게 알아챘을 것이다. '21년 3월 2일 개강을 앞두고, 다시 학생이 된다는 설렘으로 입학 전 겨울 대학 교정의 정취를 느끼고 싶었고 또다시 학생이 된다는 기대감으로 시간이 날 때 학교를 일부러 찾았었던 기억이 있다.

서울시립대학교는 동대문구 내 나지막한 배봉산 자락에 자리를 잡아 서울 소재 대학 중 몇 안 되는 평지 캠퍼스라고 소개되어 있다. 학교는 100여 년의 역사를 자랑하며 교내 다양한 수목과 근대건축물, 현대건축물 등이 주변 자연환경과 잘 어울려 있다고도 했다.

하지만 그렇게 알고 찾아간 학교는 내비게이션에서 정문 지점이라고 알려준 곳부터 교내까지 들어가는 길이 여타 다른 학교와는 사뭇 다른 풍경이라 실망했던 것도 사실이다. 서울대학교의 대한민국 최고 지성임을 자랑하며 누가 보아도 한눈에 알아볼 듯한 '샤'로 보이는 국립서울대학교의 국어 자음을 모아 만든 상징물의 정

퇴근길 MBA

문, 신촌에 위치한 연세대학교의 더 자랑할 것이 없음을 말하는 세련되고 모던한 느낌의 널찍한 대문, 또 인근 고려대학교의 고딕양식으로 좌우 대칭이 선명한 중세의 성문처럼 되어 있어 마치 교문만 드나들어도 로열패밀리가 된 듯한 느낌과 같은, 그러한 것들을 기대했는지도 모르겠다. 아마도 근 20년 만에 다시 학생이라는 신분으로 돌아간다는 기대감으로 학교를 찾게 되면서 고등학교를 막 졸업하고 처음으로 부모님과 떨어져 지냈던 나의 '열아홉, 스물' 대학 입학식 때의 그 크고 대단해 보였던 학부 시절 대학교의 정문, 그때의 첫 느낌을 찾으려 했던 것 같다.

학교를 돌아보며 내가 공부할 경영대학원이 위치한 미래관도 찾아보고 또 나름대로 퇴근 후 늦지 않게 학교에 오려면 어떻게 해야 하나 하는 걱정이 들어 회사가 있는 대치동에서 출발하여 학교 정문을 지나 경영대학·대학원이 위치한 미래관 주차장까지 가는, 퇴근 후 학업 여정의 최단 시간 동선을 짜 보기도 했었다.

개강 전 오리엔테이션에서는 코로나로 인해 이틀에 걸쳐 전기 합격자 70여 명을 두 조로 나누고 학교 및 경영대학원 소개, 교과 과정, 수강 신청 방법 등에 대하여 대학원 원장·부원장님 및 원우회 선배들이 설명해 주었다. 그로 인해 강의실에서 함께 수학할 동기들을 먼저 볼 수 있는 기회도 가지게 되었다. 학교생활에 관하여 설명해 주시는 동문, 선배분들을 보니 뭔가 자신감이 넘쳐 보이는 모습과 그들만의 끈끈함이 느껴졌었다. 또 함께하여 오리엔테이션 내용을 집중해 듣고 있는 동기들을 보며 그들과 함께할 나의 학교

생활에 대해 기대도 하게 되었다.

학교 생활에 대한 질의응답 시간 중 MBA 학위 취득을 위한 프로젝트 과제와 영어시험에 대한 걱정스러운 질문과 답변들이 오갔다. 서울시립대학교 MBA는 5학기제에서 4학기제로, 또 석사 논문 대신 프로젝트 과제를 하는 것으로 운영 중이다.

학부 시절에 대학원 석사 과정으로 진학한 선배들을 통해 교수님들의 연구 프로젝트에 공동 연구원으로 참여하거나 때론 학교의 행정 조교도 해가며 주말 없이 밤늦은 시간까지 본인의 석사학위를 위해 논문작성을 해가며 힘들어하는 모습을 옆에서 지켜본 적이 있다. 그래서 석사학위를 따기 위해 논문을 쓰고 또 심사 평가받는 것이 얼마나 쉽지 않은 과정인지를 알고 있었다.

MBA를 지원하기에 앞서 회사 일을 하고 야간대학원을 다니며 석사학위 논문까지 잘 쓸 수 있을 것인가에 대한 막연한 걱정으로 MBA 지원을 쉽사리 하지 못했던 것도 사실이다. 그러나 오리엔테이션 시 설명해 준 프로젝트 연구과제 수행으로 논문을 대신한다는 것은 참 좋은 제도라는 생각이 들었다. 수업을 듣고 프로젝트 과제 제출·발표로 논문을 대신한다는 사실만으로도 마치 큰 선물을 얻은 듯했다.

이제 4학기를 지나 졸업을 앞둔 현시점에서 앞서 소개한 서울시립대학교의 정문에 대한 느낌을 다시 말하자면 이 학교와 학생들의 특징과도 다소 비슷한 점이 있다는 것이다. 서울 내에 소재하며 국공립대학교로 저렴한 학비와 훌륭한 교수님들, 전국 각지의 우수한 학생들이 각자 저만의 꿈과 목표로 조용히 실력을 다지는 대한민국 상위권 대학에 있으나 같은 수준의 다른 학교와는 달리 자신을 크게 뽐내지 않는 여유로움을 미덕으로 삼는 외유내강형의 학교라는 것이다. 그러한 점이 어쩌면 잘 드러내지 않는 수수한 정문과도 닮았다고 스스로 정의를 내려본다.

더불어 교정은 소개들은 바와 같이 봄, 여름, 가을, 겨울의 계절마다 다채로운 색채의 변화를 담은 한 폭의 풍경화를 보는 듯한 느낌이 들 만큼 아름답다. 단지 퇴근 후 빡빡한 학사 일정으로 인해 아름다운 교정을 충분히 돌아보지 못했던 것이 졸업을 앞둔 이 시점에 큰 아쉬움으로 남는다.

04

MBA 첫인상, 첫 수업

퇴근 후 MBA 첫 수업을 위해 설레는 마음으로 빠르게 차를 몰았었다. 나의 MBA 첫 수업은 3월 2일 화요일 회계원리 수업이었다. 학기 전 오리엔테이션 때 나름 집중하여 들었던 수강 신청 방법대로 요즘 대학생과 같은 마음으로 촌각을 다투는 치열한 수강 신청도 해보았다.

나의 대학 학부 시절 1학년 1학기 첫 수업은 학과 사무실에서 조교분이 동기들과 함께 들을 수 있도록 전공선택과 교양 과목을 미리 다 짜주었던 것이 어렴풋하다. 하지만 경영대학원의 첫 수강 학기는 내가 직접 수업 과목과 요일을 선택하여야 하는 번거로움이 있었다. 그래도 이제는 한 가정의 가장으로 두 아이를 키우고 있는 아빠로서 비록 처음 경험해 보는 대학원 수강 신청도 해보며 부끄럽지만 어쩌면 당연한 것을 스스로 대견하게 생각도 해보았다.

주어진 MBA 강의 계획서에는 월, 화, 수 저녁 7시 15분부터 9시 50분까지 하는 주중 수업과 토요일 오전 10시부터 12시 35분까지 하는 주말 토요일 수업으로 이루어져 있었다. 나는 나의 일상과 맞는 수업들로 평소 관심을 가졌던 과목으로 선택했다. 그리하여 내가 택한 나의 1학년 1학기 수업 시간표는 '주말은 가족과 함께'라는 변하지 않는 내 생각을 반영하여 다소 힘들어도 주중 퇴근 후 일정으로 월요일 마케팅관리, 화요일 회계원리, 수요일 재무관리로 수강 신청을 했다.

그렇게 맞이한 나의 회계 첫 수업, 짜인 각본대로라면 이미 알아 놓은 최단 시간 동선으로 수업 5분 전에 도착하여 학부 시절부터 그러했듯 앞자리에 앉는 것이었다. 또 비록 낯설어도 앞자리에 앉아 주위를 둘러보며 한 학기 동안 함께 할 대학원 동기들과 수줍은 눈인사도 할 수 있는 여유를 부려보는 것이었다. 하지만 계획대로 모든 것이 이루어지면 얼마나 좋을까? 나의 등굣길 필수 경로인 동부간선도로와 내부 순환도로는 지독히 막혔었고 퇴근 후 조금 더 일찍 출발하지 않은 나의 잘못으로 인해 대학원 첫 수업은 10여 분 지각한 채 그렇게 시작했었다.

지각하여 이미 시작한 수업을 방해하지나 않을까 하는 미안한 마음에 쥐 죽은 듯이 조용히 강의실 문을 열고 구부정한 자세로 주변을 둘러볼 틈도 없이 맨 뒤쪽 가장자리 한쪽에 남은 책상으로 곧장 발걸음 하여 앉았었다. 이미 시작한 수업의 내용을 파악하기 위해 대충 짐을 내려놓고 준비해 간 강의 자료와 필기도구를 펼친 채 무엇을 이야기하고 있는지 귀 기울여 보았다.

10여 분 지각한 탓에 앞 열부터 네댓 명은 지난 듯해 보이는 순서로 한 원우 분이 자기소개를 하고 있었다. 수줍게 자기소개를 하는 동기 원우의 말을 잘 듣고 어떠한 인물인지 기억할 여유도 없이 '내 순서가 되었을 때, 나는 무엇을 말하지?'라는 걱정부터 들었던 것이 생각난다.

그렇다 어떤 조직이건 새롭게 출발하는 곳은 항상 자기소개가 있을 수밖에 없다. 그렇게 회계원리 수업을 함께 수강할 원우들의 자기소개를 듣는 둥 마는 둥 어느새 다가온 내 순서에 교수님께서 지각했으니, 노래라도 한 곡 부르고 시작하라는 주문에 "네, 알겠습니다"라는 대답과 함께 "안녕하세요, 저는 박승호입니다"로 시작하여 직장, 직무, 직책을 소개하고 나름의 진학 동기를 말하며 함께 잘해보자는 식으로 끝맺음했던 것이 기억난다.

두 학기가 지나고 나서 회계원리 수업을 함께한 원우 분이 내가 한 자기소개에 관해 이야기해주었다. 마치 선거유세를 듣고 있는 줄 알았고 저 원우와 친하게 지내봐야겠다는 생각이 들었다고 말해주었다. 그렇게 시작한 나의 MBA 첫 수업은 지각과 함께 잘해보자는 선거 유세와 같은 자기소개로 시작되었다.

05

학문과 현업이 공존하는 그곳 MBA

"새로운 브랜드를 론칭 한다고요?"

내가 MBA에 입학한 '21년도는 개인적으로나 사회적으로나 또 회사에서나 많은 변화가 있던 시기였다. 우선 개인적으로는 꿈꿔 왔던 MBA를 시작한 해이고 사회적으로는 COVID-19가 한창일 때였다. 또 회사에서는 주력 제품인 컬러강판의 새로운 브랜드를 론칭한 해이다.

전형적인 중후장대 산업인 철강사의 마케팅 부서에서 신수요개발 업무를 담당하고 있던 때이다. 더불어 우리 회사가 생산하는 제품은 도금·컬러강판으로 자동차, 가전, 건축재료 등 전 산업 분야의 기초 소재로 사용되는 제품이다. 일반 소비재 시장과는 다소 차이가 있는 전통적 B2B 시장 산업이다. 이러한 산업군에도 최근 새로운 변화가 일어 산업재에도 이름을 지어주고 의미를 부여하여 기존고객뿐만 아니라 최종고객과의 소통을 강화하는 브랜딩을 도입하고 있다.

어쩌면 철강산업의 브랜딩은 제품만 생산하면 각 수요산업으로 빠르게 소비되던 시기인즉 공급자 우위 시기에는 크게 필요하지 않았을 마케팅 전략이었는지도 모르겠다. 하지만 국내외 새로운 경쟁사의 등장과 인터넷의 발달로 제조사에 대한 정보 확인이 쉽게 이루어지고 있는 현재에는 기존 고객사 외에 최종고객에게도 자사 제품을 효율적으로 알리고 경쟁 제품과는 다른 고급 및 차별화된 이미지 홍보를 위해 선택되고 있다. 더불어 최근에는 제품에 대한 단순한 기능적·상징적 정보만 제공하던 브랜딩에서 고객이 브랜딩에 참여하여 제조사와 고객사가 함께 새로운 가치를 발견하고 개발해 나가는 경험 및 서비스 중심의 고객 경험적 브랜딩으로 발전하고 있다.

회사에서는 경쟁이 치열해지고 있는 컬러강판 시장의 새로운 돌파구로 브랜딩을 하기 위한 나름의 준비작업을 해왔었다. 먼저 브랜딩을 위해 컨설팅사를 선정했었다. 또 회사 내 관련 부서의 주요 관계자들이 컨설팅사가 만들어 낸 이름, 로고, 색상, 문자 배열, 슬로건, 웹사이트 등에 대해 계획된 기간 내 수차례에 걸쳐 회의를 해가며 최종 결과물을 만들어 가는 일이 진행되었다. 나도 마케팅 부서의 일원으로 프로젝트에 참여하여 브랜딩에 대해 새로운 경험을 할 좋은 기회를 가졌었다. 수개월에 걸친 검토 끝에 최종적으로 선정된 우리 회사의 컬러강판 통합브랜드는 컬러강판의 아름다움과 섬세함으로 무한한 가치를 고객과 함께 만들어 가자는 의미를 지닌 The Infinite Steel, 'INFINeLI'였다.

마케팅 전략을 기획하고 실행하는 일은 마케팅 부서에서 흔히 일어날 수 있는 일반적인 업무일 수 있지만 그 당시에 내게는 개인적으로 아주 보람차고 특별한 기억으로 남을 수밖에 없는 일이었다.

MBA에서 여러 과목 중 마케팅관리 수업을 듣고 있던 때이고 젊고 유능한 교수님의 훌륭한 강의로 수업 또한 너무 재미있게 듣고 있던 시절이었다. 더불어 수업의 주요 내용이 새롭게 참여하고 있던 브랜딩 업무와 맞는 내용들로 이루어져 있어서 현업을 하며 브랜딩 프로젝터를 수행하던 업무가 더 특별하게 느껴졌었다.

하지만 프로젝트를 수행하다 보면 항상 큰 이벤트가 있기 마련이다. 이번 브랜드 론칭도 프로젝트의 피날레로 회사의 주요 이해관계자들을 모시고 새로운 브랜드에 대한 대외적인 알림 론칭쇼를 개최하는 것이었다. 그때 브랜드 소개 발표자로 내가 지명되었다.

나는 신수요개발부서의 팀장으로 회사 제품에 대해 신규 수요 시장 개발이나 고객사 발굴과 함께 고객사의 제품과 우리 회사 제품을 잘 연계한 새로운 제품개발 등을 주도적으로 하는 업무를 맡고 있었다. 더불어 회사에서 새롭게 개발한 제품도 기존 시장에 잘 안착할 수 있도록 홍보하고 영업 기획하는 업무 역시 중요 업무 중 하나였다. 그러다 보니 다양한 분야의 사람들을 만나고 제품을 홍보해야 하기에 여러 사람 앞에서 발표하는 일이 잦았었다. 그래서 론칭쇼 행사 시 많은 사람들 앞에서 발표를 하는 것은 크게 어려운 일은 아니라고 생각되어 별다른 거부 없이 발표하겠다고 했었다.

하지만 그렇게 쉽게 수락하고 보니 새로운 브랜드에 대한 의미를 고객 및 이해 관계자들에게 어떻게 효과적으로 설명할 것인가 하는 것은 큰 고민이자 부담이었다. 평소 하는 제품 설명과는 또 다른 일로 내용 준비와 발표 방법을 어떻게 할 것인가에 따라 의미 전달이 크게 달라질 수 있기 때문이었다.

회사의 주력 제품인 컬러강판의 새로운 이름이 가지고 있는 의미를 일목요연하게 잘 정리하여 주어진 시간 내에 청중에게 큰 감흥을 끌어내고 의미를 효과적으로 전달한다는 것은 어쩌면 설명보다는 연기를 해야 할 수도 있다는 생각이 들었었다. 그래서 먼저 발표할 브랜드의 의미 및 내용부터 정리하는 시간을 보냈었다. 다행히 브랜드 개발 과정에 참여했기에 브랜드 스토리를 잘 이해했던 것은 발표할 브랜드 내용 정리에 큰 도움이 되었다. 또 브랜드가 가지는 의미로 주요 의사 결정을 할 때마다 MBA에서 듣고 있었던 마케팅관리 수업과 브랜드와 관련하여 배운 이론들이 프로젝트 수행 내내 브랜드 정의를 내리는 과정에 큰 도움이 되었고 행사 당일 발표를 하는 당사자로서 브랜드 의미를 완벽히 이해하여 설명하는 연기자의 역할을 함에 큰 도움이 되었다.

지금에서야 그때의 감흥을 편하게 쓰고 있지만 그때의 심정과 일들을 기록한 수기를 들춰 보면 회사의 중요 행사를 망칠 수도 있었다는 생각에 지금도 아찔하다.

그때의 생생한 수기만 봐도 분위기를 알 수 있다.

론칭쇼 수기

2021년 7월 8일 'INFINeLI' 브랜드 론칭쇼. 회사의 역사적인 날, 그 현장에 있다.

컬러 제품 통합브랜드 론칭쇼.

처음으로 대본 있는 발표를 준비했고 준비된 리허설 또한 수십 번, 일상 업무와 병행한 행사 준비는 진도가 그리 빨리 나가지 않았고 집중도 또한 떨어져 행사 전날 리허설까지도 애를 먹었다. 이대로 행사가 진행된다면 주 발표자인 내가 모든 걸 망쳐버릴 것만 같은 부담감에 잠도 제대로 오지 않았다.

행사 당일 아침, 눈을 떠 시간을 확인해 보니 새벽 5시 15분, 침대에 누워 곧 있을 행사 대본을 마지막으로 되뇌어보다 든 생각은 그간 쇼를 위해 연출하려 했던 그 어떠한 발표 방법보다도 그냥 그간 브랜드에 내가 생각하던 모습들을 보여 주는 것이 어쩌면 브랜드에 대한 의미 전달이 가장 잘되지 않을까 하는 생각이 들어, 그렇게 하기로 하고 출근했다.

행사 당일, 최종 리허설에 앞서 어제의 행사 준비가 덜 되었다고 느낀 탓인지 모두 긴장하고 불안한 눈빛, 또 짜증 섞인 목소리들이 오갔다. 최종 리허설을 시작했고 나의 발표가 이루어졌다.

새벽에 생각한 대로 내 모습 있는 그대로 발표하자는 생각으로 좋은 옷을 억지로 걸쳐 입고 잘 보이려 했던 것에서 벗어나 조금은 부족해도 자연스러운 옷을 입은 나의 모습, 그대로 그렇게 발표를 해보았다.

그렇게 마지막 멘트까지 말을 하고 무대에서 내려오니, 관객석에서 묵묵히 지켜봐 주시던 실장님과 그룹장님, 또 동료들의 잔잔한 미소가 보였다. 마치 이제 행사가 잘될 것 같다는 안도의 모습으로 느껴졌고 무대로 내려오는 나를 반기며 격려해 주었다.

실제 본 행사 때에도 이상하리만큼 긴장이 안 되었고 큰 무리 없이 행사도 마무리할 수 있었다.

감동의 눈물을 보여주신 선배들, 너무 잘했다는 동료, 멀리서 참석해 주시고 박수를 아끼지 않았던 고객사 대표님 및 관계자 분들

마지막으로 이번 행사 준비에 가장 큰 노력을 한 디자인 섹션 분들과 행사 진행 용역사인 디자인허브코리아 김대표 등 모두에게 감사함을 전한다.

06

여기서 잠깐, MBA는?

MBA는 경영자로서 갖추어야 할 기본적인 소양들에 현업과 이론을 접목한 Case Study를 하며 연구하고 수학하는 학문으로 알려져 있다. 실제 포털 사이트에 검색해 보면 아래와 같이 설명해주고 있다.

우리말로 경영학석사(MBA; Master of Business Administration)라는 의미이며, 경영 전문대학원을 가리키는 말로 사용된다. 학문적 부분에 중점을 두는 일반적인 대학원 과정과는 달리 경영학 이론을 실제상황에 적용할 수 있도록 훈련하는 실질적인 경영자 수업이라고 할 수 있다.

전문 경영인을 목표로 하는 이들이나 업무능력을 키우려는 중간 관리자와 일반 직장인들이 지원하는 경우가 많다. 주요 수업내용은 경영과 관련된 회계, 마케팅, 재무, 인사관리, 조직 관리 등으로 구성된다. 2년 또는 1년의 학사일정으로 진행되며, 정보미디어·테크노·컨설팅· 금융 MBA, E-MBA(Executive

MBA) 등으로 특화된 프로그램도 있다.

MBA는 19세기 후반, 미국의 산업화 과정에서 경영에 대한 과학적 접근의 필요성이 대두되면서 등장했다. 1900년 미국 뉴햄프셔주에 있는 다트머스대학교(Dartmouth College)에 생긴 경영학 석사과정이 MBA의 시초라고 할 수 있고, 1908년 하버드대학교(Harvard University)에 MBA라는 이름의 과정이 최초로 개설되었다.

[네이버 지식백과] MBA [Master of Business Administration] (두산백과 두피디아, 두산백과)

그러고 보면 내가 다니고 있는 서울시립대학교의 MBA 과정은 전형적인 미국식의 2년 과정에 1년 차에는 경영학 일반, 2년 차에는 내가 전공하고자 하는 분야에 집중적으로 공부할 수 있게 프로그램되어 있다.

그렇게 선택한 나의 MBA 전공은 마케팅이다. 내가 직접 보고 듣고 느낀 마케팅에 관해서 소개하자면 앞에서도 언급했지만 마케팅관리를 통해 전반적인 비즈니스와 마케팅에 대해 배우고 새로운 마켓 트렌드와 마케팅·브랜드전략 수립, 또 마케팅 조사론을 통해 데이터를 수집, 통계 내는 수학적 기법도 배울 뿐만 아니라 소비자 행동론을 통해 소비자의 심리까지 이해하고 이용, 기업의 매출 및 수익 창출을 위해 광고·홍보 기획 등 영업까지 망라하여 연구 수학하는 학문이다.

마케팅에 대해 나만의 생각이 든 한 줄 평을 해보자면 '사람의 마음을 사기 위해 돈을 지불하고, 돈을 얻는다'로 말하고 싶다.

미래 MBA를 지원하고 준비하게 될 예비 MBA 분들을 위해 경영학 일반 때 배운 세부 전공과목에 대해 단순히 나만의 생각으로 표현하면 아래와 같다.

- 회계: 현금 흐름을 알아야 부(富)를 얻는다.
- 재무: 현재가치·미래가치, 가치의 중심을 찾다.
- 인사: 결국 사람, 어떻게 움직일 것인가?
- 경영정보: 한눈에 보는 정보의 흐름, 어떻게 돈으로 만들어 낼 것인가?
- 국제경영: 세계는 넓지만, 모르면 할 일이 없다.
- 오퍼레이션스: 외유내강·버는 돈 새는 돈, 효율적 관리에 답이 있다.

07

MBA, 끊임없는 조별 발표수업

방학 기간을 제외한 월, 화, 수 2년간 주 3일은 누군가의 퇴근길이었지만 나에게는 퇴근길이자 등굣길이었다. 전쟁같이 치열하게 지낸 일과를 마감하며 모든 걸 내려놓고 사랑하는 가족이 있는 혹은 그냥 누구의 간섭도 받고 싶지 않은 나만의 시간을 보내기 위한 공간으로 향하는 다른 이들과는 사뭇 달랐다. 나의 퇴근길은 예전부터 꿈꿔왔던 사업가가 되기 위한 하나의 과정으로 경영학을 배우기 위해 힘들고 고단해도 언젠가는 꿈을 이루게 되리라는 믿음을 채워주는 심적 보상으로 생각하며 가벼운 발걸음으로 갈 수 있었던 새로운 출발의 의미를 지닌 길이었다.

물론 퇴근 후 학교에 다닌다는 것은 지친 일과로 고단한 것이었지만 새로운 실용 학문을 배운다는 자부심과 지적 호기심을 채운다는 나만의 만족감으로 피곤함을 이겨 낼 수 있었다. 또 여러 원우회 운영 프로그램으로 금세 친해지게 된, 어느새 나와 같을 길을 걷고 있는 동기 및 선후배 대학원 친구들을 볼 수 있다는 기대 가득한 마음이 함께했던 것도 사실이다. 대학 졸업 후 직장 생활을 시작하고 근 20년간 이해관계가 섞이지 않은 친구, 동기로써 새로운 조직에 얽매이는 경험이 참으로 오랜만이어서 더 그랬던 것 같다. 또 한편으로는 순수했던 과거 학창 시절의 그때를 기대했는지도 모르겠다.

그렇게 지나온 나의 2년간 대학원 학교생활을 돌아보면 다양한 일들이 있었다. 일단 학교 수업만 이야기하자면 첫 수업부터 마지막 수업까지 발표의 연속이었다.

첫 수업인 회계 수업 때는 잊지 못할 기억들로 가득하다. 수업 첫 시간부터 1학기 강의 계획에 대하여 설명해 주신 교수님은 학기 중간부터 있을 발표 수업에 대하여 설명해 주셨고 또 조도 나누어 함께 할 원우를 선택해야 한다고 말씀해 주셨다. 이제 갓 학교에 입학하여 MBA, 대학원 생활이 어떤 것인지 생각하고 느낄 겨를도 없이 함께 할 발표 조를 구성한다는 것은 서로 잘 모르는 어색한 관계에서 로또 번호 선택과 같은 운에 맡기는 눈치싸움밖에 되지 않는다.

다행히 '회계원리'의 발표 조 구성 방식은 교수님께서 제시해 준 6개 항목의 회계와 관련된 사회적 이슈가 된 사례를 가지고 첫 번째 조부터 시작하여 마지막 조까지 일정한 주기에 순서대로 발표하는 방식으로 주어졌었다. 사실 나는 아직 잘 모르던 원우들 파악보다는 언제 발표하는지를 우선시했었다. 제일 먼저 발표 조가 되어 첫 사례를 남기는 부담스러운 발표 일정보다 다양한 발표의 사례를 보고 나름의 발표 전략을 세울 수 있는 마지막 직전의 발표 순서에 집중하는 것으로 조를 선택했었다. 그렇게 순서를 보고 선택한 조는 로또 1등 번호를 맞춘 것과 같았다.

같은 발표 조원 중 리더였던 원우분은 발표를 하나의 파티로 여기며 재미있게 하자고 제안 주셨다. 그렇게 시작된 발표 준비는 수업이 끝나면 매번 진지하게 이루어졌었다. 발표 직전에는 함께 모여 빈 강의실에서 발표 리허설도 해보았고 발표 시에는 마치 연극을 하듯 신나게 발표했던 것과 발표 중 먹을 빵과 음료도 준비하여 저녁을 거른 다른 원우들의 배고픔을 달래주는 배려도 준비했었다. 나의 '회계원리' 수업 발표 조는 첫 학기 첫 수업의 데면데면한 어색함을 이겨 내고 치밀하고 멋지게 기획 발표를 한 첫 발표 동지였고 그 후로도 학교생활 내내 든든한 친구이자 누나들로 남아있다.

그렇게 시작된 MBA 내내 있었던 발표 수업 때의 조 구성 눈치싸움은 첫 수업 '회계원리'부터 시작되어 마지막 학기에 있었던 '마케팅전략'과 연구 과제 프로젝트 수업까지 매 학기 연속되었다. 더불어 교수님들께서 제시해 준 발표 주제들은 실제 벌어지고 있는 경영 현황들을 주제로 한 것들이 대부분이었고 그를 통해 자칫 신문 기사의 시사 상식으로 넘길 수 있는 것들을 예비 사업가로서 심도 있게 고찰할 수 있었던 장(場)을 마련해 주었다.

'마케팅관리' 때의 같은 발표 조원들은 친동생만큼의 끈끈한 정으로 명함 등록 플랫폼을 운영 중인 'R' 멤버의 CEO를 인터뷰할 마음을 먹고 실행에 옮기도록 용기를 불어준 기회 제공자들이다. 그렇게 할 수 있었던 것도 조 구성을 하기 위해 눈치 싸움을 할 때 어쩌면 많게는 열 살 이상이나 더 어리고 적게는 네댓 살 어린 원우들이 먼저 다가와 함께 하자고 손 내밀며 제안을 해준 그 당찬 패기 덕분이었다. 그리고 그 고마움을 무엇인가 차별화된 노장의 노련함과 성숙함으로 보답을 해주어야 할 것만 같았다. 그래서 우리 조가 선택한 사례 조사 기업인 'R' 멤버에 직접 찾아갈 생각과 대표이사를 만날 생각도 해보았던 것 같다.

'마케팅관리' 수업 역시 발표조를 구성할 때 재미있는 일화가 있다. 첫 시간부터 내가 항상 수업을 듣던 자리에 함께 수업을 듣고 있던 옆자리 단짝 원우와 근처에 있는 원우들이 자연스레 같은 조가 되겠다고 생각했다. 하지만 생각지도 못했던 원우들이 단짝원우에게 물밑작업을 취해 준 덕에 예상치 못한 조합으로 발표조가 구성되었다. 사실 발표조를 구성한 시점은 어느 정도 토론식 수업이 진행된 후였기에 함께 수업 듣는 원우들이 그리 낯설지 않은 때였다. 그렇게 같은 조가 된 원우들은 그간의 수업 중 자신만만한 의견 개진과 수업 참여로 눈여겨보았던 원우들이었기에 같은 발표조가 되었다는 것에 내심 만족했고 또 먼저 제안을 주셨다는 것에 기분도 좋았었다. 늦깎이 중년의 원우가 수업 진도를 따라가기 위해 애서 보이는 모습과 모자람이 그들의 동정심을 유발했는지도 모르겠다.

마케팅 수업은 사실 MBA를 준비하면서부터 가장 많은 관심을 가졌던 학문이었다. 젊은 교수님이 가르쳐 주시는 마케팅 이론은 글로벌 대기업부터 트렌디한 스타트업 업체들의 마케팅 전략과

퇴근길 MBA

원우들의 현업에서 벌어지고 있는 실사례를 접목하여 강의하여 주셨던 토론·토의식 수업이었고 너무나 인상적이었다. 첫 학기의 긴장감으로 집중하여 들을 수밖에 없는 수업 환경이었기 때문이 기도 했지만, 교수님이 보여주신 실력과 열정도 대단했던 것도 이유인 듯하다. 원우들이 몸 담고 있는 회사에서 벌어지고 있는 사례를 이론과 접목하여 조목조목 설명해 주시고 토론·토의했던 수업방식은 웬만한 실력과 자신감 없이는 행하기 어려운 교수법 이다. 교수님께서 사비로 간식을 준비해 주셨는데 혹시나 저녁을 못 챙겨 먹고 온 원우들을 위해 마련해 주신 간식은 교수님의 학 문적 실력만큼이나 따뜻한 마음에 고마움을 느끼고 감동 받았 었다.

그때의 '마케팅관리' 수업은 여전히 생생히 기억에 남아있다. 세 부 전공을 선택할 때 훌륭한 교수님들로 인해 다른 전공 수업 때 흔들렸던 마음을 다잡고 내가 진학했을 때 선택했던 마케팅을 전 공으로 끝까지 결정하게 해준 토대를 마련해 주지 않았나 생각해 본다.

비록 발표 수업을 하지는 않았지만, 수학만큼의 숫자 놀이를 하 는 '재무관리'는 가상 주식 투자를 경험하게 해주어 현실에서 꿈꾸 는 수억 원의 돈을 마치 워런 버핏이 된 마냥 물 쓰듯 투자하는 기 쁨을 주기도 했었다. 또 수업만큼이나 어려움을 예고한 기말고사 를 대비하여 오답일지 모범 답안일지 모를 시험 전 오답 노트를 함 께 만들게 해준 단톡방을 처음으로 개설하게 하여 단톡방 구성 인원 수만큼 근심·걱정도 덜 수 있다는 심리학까지 덤으로 알게 해준 계기를 마련해주었다.

'인사관리' 수업 때는 우리 회사의 인사시스템이 연구 대상이 되어 그간 관심 없이 지냈던 나의 인사 처우에 대하여 좀 더 구체적으로 알게 되어 애사심이 넘칠 수 있는 계기가 되는 발표를 준비하게 해주었고 '경영정보' 수업은 모두 현업으로 바쁜 같은 조 원우분들과 함께 주말에 시간을 내어 마치 소풍을 가듯 모였던 조별모임 나들이가 생각난다. 기분은 소풍이었지만 연구 대상인 '서울역사박물관'을 찾아 실제 박물관을 찾는 이들을 조사하고 개선점을 찾아가는 과정은 전문가만큼 진지하게 조사하며 연구하여 조별 발표 준비를 했던 것이 기억에 남는다.

특히 '국제경영' 과목 때는 교역 상대국 간 국내외 경영환경이 맞아야 최적 무역이 이루어질 수 있다는 것을 수학적 함수로 증명해내는 어려운 이론들이 잘 이해되지 않아 기말시험 전 수업을 같이 들었던 원우들과 영상회의로 함께 수업내용을 정리했던 것과 또 마음 맞는 원우들과 원우회실에 모여 각자가 이해한 정도만큼의 지식으로 서로 다른 원우들에게 설명했던 시간을 가졌던 것도 기억에 남는다.

'소비자행동론' 수업 때는 매시간 사례 발표를 수업 시간 내에 자유롭게 준비하여 실제 소비자와 판매자가 되어 상황극까지 하는 배우가 되어 보기도 했었다. 또 교수님께서 보내주신 사전 학습자료로 예습과 과제 준비를 함과 본격 강의 전 매번 있었던 가벼운 퀴즈는 학습 몰입도를 높여주는 색다른 교수법으로 만족도가 상당했다.

마지막 학기의 '마케팅전략' 수업은 전공과목으로 수업 시간 때 구성된 조는 각기 다른 사업 분야에서 마케팅 전문가로 종사하는 원우분들 이였다. 그들의 남다른 조별 과제 수행 열정에 감동하기도 했었다. 거의 매주 참신한 경영 사례에 대한 마케팅 전략 분석 발표 과제가 주어졌었다. 그로 인해 조원들과 매주 일요일 밤은 줌 토론으로 한 학기를 보냈다. 조원들과 함께한 줌 토론 시간은 항상 기대될 만큼 좋았었다. 다양한 논문 자료를 찾아 사전 공유를 해 준 조장의 멋진 운영과 조원끼리 서로 눈치 보지 않고 각자 솔선수범하여 발표 과제를 준비하여 큰 어려움 없이 과제를 잘 수행했었다. 더불어 조원들의 훌륭한 인품으로 팀워크 또한 잘 이루어졌다. 동일 주제 다른 해석으로 다양한 마케팅 식견을 터득할 수 있는 폭넓은 마켓관점을 가질 수 있는 계기도 되었고 또 마지막 기말 발표로 했던 과제는 실제 창업과 연계할 수 있을 정도로 플랫폼 비즈니스 모델의 완성도가 높다고 교수님께서 칭찬까지 해 주셨었다. 그로 인해 조원들과 예비 스타트업 일원이 되어 볼 꿈도 꿔 보았다.

그렇게 나름 고민하여 눈치 싸움 끝에 결성된 발표 조원인 원우분들은 지금도 여전히 좋은 만남을 이어가고 있다. 어쩌면 발표 수업을 함께 준비한 조원들은 MBA 생활에서 다른 동기 원우 분들보다 좀 더 각별하게 지내었고 중요한 인연으로 남게 된 듯하다. 또 어떤 네트워크보다도 더 진하게 기억에 남고 현재도 또 다른 동업자로 함께 미래를 꿈꾸고 있다.

08

장사꾼이었던 내가 사업가를 꿈꾸다.

이 글을 쓰고 있는 지금을 기준으로, 다음 주면 학위 수여식이 있고 정식으로 MBA가 된다. 앞서 이야기했던 학사 일정 내 수업 때 배운 다양한 경영학 이론들과 함께한 발표 수업은 실제 MBA에 도전할 마음을 가졌을 때의 기대를 충족하기에 충분했다.

어쩌면 대학을 졸업하고 진로를 결정할 때부터 마음먹었던 사업가는 막연한 대상으로, 장사꾼인지 사업가인지 구분도 어려운 그냥저냥 회사에서 기술을 배운 후 창업만 하면 사업가가 된다고 생각하고 있었는지도 모르겠다. 학교에 다니며 배운 전문 지식 혹은 사례와 접목된 이론들을 배우면 배울수록 사업가가 가져야 할 기초 소양들에 대해 더 알게 되는 것들이 많았고 느끼는 것들이 많았다.

그렇다고 해서 장사꾼과 사업가를 놓고 무엇이 더 훌륭한 것인지를 논하고자 하는 것은 아니다. 분명 장사꾼만이 가진 기질이 있고 그만의 가치를 인정받을 수 있기에 그것으로 만족하는 자는 그렇게 장사꾼이 되면 된다. 단지 사업가가 꿈꾸는 사업의 그릇은 분명 장사꾼이 생각하고 관리하는 그릇보다는 좀 더 크기에 그 가치의 차이가 있다고 생각한다. 그래서 나는 MBA를 하기 전에는 막연히 알았던 장사꾼과 사업가의 차이를 좀 더 명확하게 알게 되었다.

예전에 모 비즈니스 매거진에 쓰인 장사꾼과 사업가의 차이에 대한 글을 참고하자면 아래와 같이 소개 되어있다.

장사꾼과 사업가는 무엇이 다를까요? 우리는 흔히 조그만 가게를 운영하면 장사꾼이고 규모가 큰 회사를 운영하면 사업가라고 생각합니다. 동네나 시장에서 하면 장사꾼, 높은 빌딩에서 직원을 거느리고 결재하면 사업가라 여길 수도 있습니다. 다르게는 개인사업자를 내고 하는지 법인을 설립했는지 차이라고도 생각할 수 있습니다.

장사의 사전적 의미를 보면 '이익을 얻으려고 물건을 사서 파는 것'이라고 되어 있습니다. 사업은 '어떤 일을 일정한 목적과 계획을 가지고 짜임새 있게 지속적으로 운영하고 관리하는 것'이라 정의합니다. 둘 다 돈을 벌기 위한 일이란 건 동일하죠.

사업의 정의를 잘 살펴보면 장사와 다른 점이 있습니다. '일정한 목적과 계획을 가지고'라는 것은 사장의 경영 철학이나 사업에 대한 미션을 이야기하는 것입니다. 또 '짜임새 있게 지속적으로 운영하고 관리하는 것'이란 것은 바로 '회사의 체계 즉 시스템'을 말하는 것입니다. 여기서 사업과 장사의 두 가지 큰 차이가 있음을 알 수 있습니다.

출처: [주먹구구식 경영 탈피] 당신은 장사꾼인가요? 사업가인가요? By 기업시스템코디(조현우) -10월 29, 2021

그렇다. 그동안에는 기존의 마케팅 부서에서 매출과 영업이익에만 급급하여 장사꾼과 같이 일을 했다면 MBA 과정을 하면서 경영에 있어 다양한 관리 체계에 대해 배우게 되었고 사업가 적인 마인드를 좀 더 가지고 익힐 수 있게 되었다는 것이 나의 사업에 대한 관점의 인식변화라고 생각한다.

더불어 지금껏 회사에 다니며 판단했던 개인적 판단의 결과물로 여기며 결정했던 사소한 일들도 이론으로 설명하지 못할 것들이 없음을 알게 되었다. 또한 혼자만의 창의적이고 최초의 생각이라 여겼던 여러 상업적 아이디어도 조금의 차이는 있어도 큰 맥락은 비슷한 것들이 이미 세상에 다양한 방식으로 소개되어 있다는 것도 알았다.

특히 프로젝트 논문과제를 수행할 때는 평소 관심이 많았던 '미술작품 거래에 관한 플랫폼'에 대한 주제를 과제 내용으로 선정했다. 미술품을 거래하는 방식의 플랫폼 아이디어가 어쩌면 나만이 할 수 있었던 최초의 생각이라 여기며 다른 이들에게 아이디어가 노출되어 혹시 향후에 나의 비즈니스에 손해를 입히면 어떻게 하나 하는 근심·걱정이 들기도 했었다. 하지만 프로젝트 논문과제를 통해 그런 생각도 잠시였고 지나친 기우였다는 것을 알게 되었다.

프로젝트 과제 주제를 선정하고자 기초 데이터 수집을 하기 위하여 학위 논문 검색자료 서비스에 들어가 미술작품 거래에 대해 관련 논문을 찾아보다 내가 생각한 이상으로 비슷한 주제를 다룬 논문들이 다수 있다는 것을 알게 되었다. 비슷한 생각을 한 사람들이 많다는 것도 신기했지만 나 혼자만이 그런 생각을 해냈고 주변 사람들에게 일급비밀이라며 사업 아이디어를 설명했던 것들이 부끄럽기도 했다.

어쩌면 이렇게 학위 논문 검색을 하는 것을 알게 된 것과 새로운 사업을 시작하기에 앞서 학계에서 이미 검토한 바를 참고할 수 있다는 것을 알게 된 것도 MBA를 하기 전후에 달라진 나의 모습이라 말할 수 있다.

09

MBA, 다시 한다면

2년여의 MBA 과정을 모두 이수하고 경영학 석사 학위를 받은 지금 다시 한번 MBA 과정을 할 기회가 주어진다면 아래 정현종 시인의 「방문객」과 같은 마음으로 더 많은 인연을 만들어 보고 싶다.

방문객

정현종

사람이 온다는 건
실은 어마어마한 일이다.
그는
그의 과거와
현재와
그리고
그의 미래와 함께 오기 때문이다.
한 사람의 일생이 오기 때문이다.
부서지기 쉬운

그래서 부서지기도 했을

마음이 오는 것이다. 그 갈피를

아마 바람은 더듬어 볼 수 있을

마음,

내 마음이 그런 바람을 흉내 낸다면

필경 환대가 될 것이다.

이 시는 내가 서울시립대학교 32기 MBA 원우회 부회장을 하며 후배 기수로 입학하는 원우들을 맞이하는 오리엔테이션 때 읊었던 시이기도 하고 언제부터인지 내가 가장 좋아하게 된 시이기도 하다. 이 멋진 시는 어쩌면 MBA 과정을 이수하고 있는 여러 이유 하고도 맞아떨어진다고 생각한다.

서울시립대학교 MBA 기준으로 놓고 보면 1기수 재학 정원이 100명이고 2년 과정으로 선후배 포함 3기수가 함께 MBA 과정을 이수하게 되니 단순 계산으로도 300명이 함께 그들의 인생을 공유할 수 있다. 더불어 동문회를 통해 선후배들을 만날 기회까지 제공되며 다양한 학술모임으로 졸업 후에도 더 많은 수의 인연을 이어갈 수 있다.

이 얼마나 놀라운 사실인가? 앞서 소개한 정현종 시인의 방문객이라는 시만 보더라도 단순 방문객도 한 사람의 과거와 현재 그리고 미래가 함께 오기에 그의 일생을 공유할 수 있다고, 어마어마한 일이라고 말한다. MBA는 약 300명 이상의 인연이 2년간 함께 동문수학하니 그들의 일생을 나의 경험으로 녹아 낼 수 있어 더 엄청난 일이라고 감히 단언한다.

물론 MBA를 다닌다고 모든 인연이 맺어지는 것은 아니다. 결국 본인의 자세에 달려 있다고 생각한다. 나는 원우회 부회장으로 300명 이상의 더 많은 인연을 만들 수 있었음에도 불구하고 바쁘다는 여러 이유와 핑계로 그렇게 하지 못해 후회스럽다. 더불어 300명의 인연조차도 잘 맺지 못한 내가 부끄럽고 아쉬움으로 남는다.

만약 다시 한번 MBA 과정을 이수할 기회가 온다면 '부서지기 쉬운 그래서 부서지기도 했을 마음'이 오는 방문객 이상의 그들을 위해 최선을 다하고 그들과 함께 이 세상 밝게 빛낼 리더가 되고자 마음먹고 과감히 도전할 것이다.

새로고침

이정아

01

D-30

11월, 마지막 수업일이 한 달 여로 다가왔을 무렵, '마감 임박', '매진 임박', 다급한 홈쇼핑 광고 배너를 보고 있을 때처럼 이 시간이 지나고 나면 분명히 후회할 것 같은 조급함이 들었다.

'우리 오늘부터 종강 때까지 수업 끝나고 매일 만나자.'

월요일 수업이 부담스러울 법했지만 의기 투합한 전공 친구들, 같은 마음이신 교수 님까지 매일 술을 마셨다. 사실 인원 중 절반은 논알콜 맥주를 마시는 경우가 태반이었지만, (내 생애 논알콜 술값을 그렇게 많이 내본 건 처음) 모일 핑계가 필요한 사람들에게 무얼 먹고 마시는지는 중요하지 않았다. 여태 들었던 수업 중 가장 어려웠다는 수업 불평부터, 질문하는 교수님과 눈싸움하는 이야기, 내 해맑은 뇌를 느껴가며 고통 속에 지식 한 뼘을 키울 때의 '내가 지식인이다' 하는 셀프 자존감 고취까지. 못하고 모르는 것보다 그 시간을 버텨내고 마지막 수업을 듣고 있는 우리가 너무 대견스러워서, 피날레가 얼마 남지 않았다는 흥분과 이제 고통인지 기쁨인지 재미인지 습관인지도 모를 이 시간도 끝나간다는 시원 섭섭함에 밤을 채우는 이야기는 매일 12시 코앞까지 달려갔다.

덕분에 졸업 즈음 생각나는 여러 시간들 중 제일 재미있었던 순간들로 이때가 떠오른다.

50세, 2021년 입학이었다.

다국적 기업의 임원이기도 했고, 한 직장에서 근 20년, 업무적으로도 베테랑이었다.

왜 MBA냐, MBA 뭐 하러 왔냐. 다니며 가장 많이 들어본 질문이었다. 상황과 대상에 따라 대답이 달랐다. 진심은 나도 잘 모르겠다. 모두가 답일 수도 있고 정말 조금은 심심해서였을지도, 약간은 허영스러운 MBA 타이틀이 주는 느낌 때문이었는지도, 교류와 활동은 하고 싶은데 골프, 경영인 모임, CEO 모임 등 또래 임원들이 많이들 나가는 모임들은 내키지 않아서, 뭔가 배우고 싶은데 학원을 다니기엔 범위가 지엽적이고 전문적이지 못해서였는지도, 문득 무언가 해보고 싶은 그날에 서울시립대 MBA 원서 접수 기간이 눈에 띄어서였는지도, 하고 있는 일에 대해 전문가라 스스로 말할 수 있지만 전문가적 역량에 더 견고한 바탕이 필요하다고 느껴져 전체적인 경영이라는 그림에 대해 더욱 공부하고 싶어서라는 학업계획서가 진심이었을 수도.

MBA의 꽃은 네트워킹이라는데, 50세 2021년 입학으로 네트워킹을 목적하지는 않았지만 남은 것 중 제일 좋은 것은 사람이다. 지난 10년간 사용한 양보다 많은 양의 명함을 사용했지만, 한 번의 행사 뒤엔 한 움큼씩 명함을 수거(?) 해왔지만 당연한 이야기지만 명함이 네트워킹이 되지는 않는다. 사람의 연결엔 더 많은 시간과 노력이 필요하다는 것. 내게 시간과 노력을 보내준 사람들, 내 시간과 노력을 알아준 사람들이 서로에게 네트워킹으로 남겨졌다.

100여 명의 원우들이 있지만 졸업 때까지 단 한 번의 얼굴 마주침도 없었던 원우들도 많다.

원을 좀 좁힌다면, 같은 수업을 듣는 원우들, 모임에서 같이 자리한 원우들.

친밀도를 높여, 조별과제를 같이 하게 된 원우들, 같은 테이블에 자리한 원우들, 학기 초 같은 조 원우들 등 내가 시간과 노력을 들여 알아볼 법한 기회가 많았다.

아쉽게도 한 번도 가보지 못한 길이라 우물쭈물 하는 새 절반이 지나갔다.

자원해서 조장을 할 걸, 적극적으로 사람들을 규합해 볼 걸, 지나보니 모두들 관심이 없었다기보다 비슷한 마음으로 한 번도 가보지 못한 길이라 그저 우물쭈물했을 뿐이거늘. 적극적이고 오지랖 넓은 인원을 한 명이라도 가졌던 조는 돈독한 인연의 기회를 하나 더 만들었다. 내가 그들에게 인연이 되어줄 걸. 늦게 알게 된 것이 아쉬웠던 사람들이 몇 있었는데 그들 또한 아무도 규합하지 않았던 나와 같은 조의 인원이었다는 것을 알고 그 아쉬움이 더욱 컸었던 기억이 난다.

02

자기소개

우스운 이야기지만 나의 첫 난관은 성장과정 또는 가정환경, 성격, 인생관을 간략하게 기술하고 지원동기 및 학업계획을 상세하게 기술하라는 자기소개서의 주문이었다.

부모님도 돌아가신 지 7-8년인데 내 나이 오십에 성장 과정이라니, 내가 성장시킨 자녀 이런 거 아니고 내 성장과정? 곧이곧대로 써야하나? 그냥 내가 쓰고 싶은 얘기로 써야 하나? 가정환경? 내 지금 가정환경? 딸 아이 학교에서 말썽 피워 반차 쓰고 학교 불려가는 이런 가정환경? 아님 막 4-50년 전 가정환경? 아니 나 진짜 이런 거 써야 하나?

결과적으로는 적절한 타협점을 찾아 잘 마무리했지만 한 직장 20년의 특징은 자기소개서 쓸 일이 없다는 점. 근 20년 만에 써 본 자기소개서였다.

일을 제외하고 나라는 사람을 설명하기 쉽지 않았다. 다중인격자가 아니더라도 오랜 사회생활을 거친 사람들은 여러 명의 나를 가지고 있기 마련이다. 간혹 되고 싶은 나를 나라고 믿고 있는 경우도, 하루 대부분의 시간에 내보이고 있는 나를 나라고 오해하는 경우도 있다. MBTI가 기업에서 교육용으로 각광받던 때 같은 해에 시행한 각기 다른 이벤트에서 MBTI를 주제로 활동이 있었고 나는 3명의 나와 마주했다. ESTJ, ISTP, INTP. 가히 자기정체성 혼란의 시기였다.

학교에는 I**P를 보내기로 했다.

MBA의 꽃은 네트워킹이라지만 주변 일에 그다지 관심 있는 성격도 아니고 없던 네트워킹 욕심이 갑자기 MBA에서 활성화되는 것도 이상하지 않은가.

모나지 않게 흘러가는 대로 있는 듯 없는 듯. 어떻게든 되겠지.

계획은 그러했다.

이미 돌아가신 부모님은 함경도가 고향이신 실향민 이셨습니다. 위 형제들과 제법 차이가 지는 늦둥이 막내로 자랐지만, 장녀인 언니도, 4대 독자인 오빠도, 늦둥이 막내인 저도, 한 목소리로 우리집에 더 귀한 자식은 없었다고 할 만큼 모두가 공평하게 대우받았고 나름의 인생으로 존중받았습니다.

부모님은 매우 합리적이고 민주적이셨으며 제가 물려받은 가장 큰 유산이라고 생각하는, 제 가치관의 골자를 이루는, '측은지심'이 있으셨습니다. 또한, 자수성가한 실향민들의 특징인 부지런함은 자식들에게도 독립성을 키워주었고 '일하지 않은 자 먹지로 말라'는 아무도 말하지 않았지만 집안의 당연한 가훈과도 같은 개념이었습니다. 생각해보면 한 번도 요구받지 않았지만 고등학교 이후 용돈은 벌어서 생활했습니다. 별명이 아르바이트의 여왕이라고 불릴 정도로 다양한 일을 경험했고 타고난 일머리가 있어서 어디서도 인정받았다고 생각합니다. 내성적이지만 내재된 전투력이 있는 것이 이때 얻은 다양한 성공 경험들 덕분이라고 생각합니다.

지금은 다국적 기업의 테크니컬센터 책임자로 재직하고 있으며 70여 명 직원의 인사관리, 재무관리, 브랜드의 매출전략 및 시장상황에 따른 고객서비스 전략 수립 등의 주요 업무 외 그룹의 비즈니스 전략에 따라 새로운 브랜드를 통합하거나 업무 프로세스 최적화, 효율성 개선, 작업용량 증대, 생산성 향상 등과 같은 비즈니스 성장에 대응하는 각종 프로젝트를 수행해오고 있습니다. 현 직장에서 18년째 근무 중이며 이전 미국 기업에서 5년간 재직하는 등 다국적 기업에서의 오랜 업무 경험으로 우수한 언어능력 및 다양한 이해관계자들과 적극적인 업무관계를 형성하고 소통하는 능력을 배양할 수 있었습니다. 해마다 두 자리 수의 성장을 한 번도 멈추지 않은 회사에서 현장 직무로 키워져 왔고 지속적인 학습과 발전을 멈추지 않은 덕분에 회사의 성장에 따른 크고 작은 여러 중요한 프로젝트를 맡아서 다행히 여태까지는 좋은 결과물을 도출해왔습니다. 하고 있는 일에 대해 전문가라 스스로 말할 수 있지만 이제 조직은 다른 차원으로 나아가고 있습니다. 저는 제 전문가적 역량에 더 견고한 바탕이 필요하다고 느끼며 전체적인 경영이라는 그림에 대해 더욱 공부하고 싶어 MBA를 목표하게 되었습니다. 재무, 회계, 경영통계 분야에서 비경영전공자의 부족함을 채우고 싶고, 오퍼레이션스 분야에서 프로젝트 과제 연구를 수행하고 싶습니다. 전략적인 사고를 통한 기업경영에서의 의사결정 방법 및 향후 목적하고 있는 창업실무에 대한 지식을 구할 수 있을 것으로 기대합니다. 부수적으로, 같은 산업군, 특히, 같은 회사에서 오랫동안 근무해온 특성으로 가지고 있을 시야의 협소함과 단조로움에 도전하고 싶습니다. 다양한 배경의 사람들과 비슷한 목표를 가지고 교류하고 학습하면서 스스로를 자극하는 것도 본 MBA에서 목표하는 바입니다.

03

지식의 착각 그렇지만
중요한 건 꺾이지 않는 마음

아는 것도 모르는 것도 아닌 어디쯤의 상태에서 첫 수업을 마쳤다. 그냥 피곤했다.

시간을 넉넉히 두고 출발했음에도 가는 내내 지각할까 걱정됐고, 익숙하지 않은 전철이며 버스며 갈아 타고 가는 처음 가보는 길은 신경을 곤두서게 했다. 하물며 첫 수업은 어디에 앉아야 할지, 수업의 동료들인지 친구들인지 사람들인지 (원우라는 말은 알지 못했을 때) 뭐라고 불러야 하는지도 잘 모르겠는 사람들과 첫인사는 어떻게 해야 할지, 돌아보면 온통 쓸데없는 생각들이었지만 그만큼 내게 이렇게 대대적으로 온통 처음인 일이 별로 없었구나 싶다.

나를 똑똑하거나 해박한 지식의 소유자라고 착각한 적은 없지만 MBA 와서 여러 수업을 거치며 더 적나라하게 깨달은 것은 내가 생각보다 알고 있는 것이 적다는 것이었다. 알고 있다. 지식 정도라 하면 어떤 질문에 상세한 답변을 내놓을 수는 있을 정도여야 한다고 생각하는데 막연하게 알고 있는 것들이 생각보다 많았다는 뜻이다.

클릭 몇 번으로 손쉽게 얻을 수 있는 정보가 널려 있고, 알라딘의 지니처럼 검색 엔진은 내가 원하는 모든 답을 내어준다. 이런 온라인상의 지식 자원들을 읽고 보면서 나는 지식을 쌓아가고 있다고 착각하고 있었나 보다. '아, 아는 얘기인데 막상 말로 설명 하려니 어렵네', '이걸 뭐라고 설명해야 하나' 자주까지는 아니더라도 머릿속을 오가는 조각들이 합쳐져 말로 나오지 않았던 경험들이 나의 말주변 부족 때문이 아니라 지식 부족 때문이었음을 깨닫는데 정말 다행이지만 오래 걸리지 않았다. 좌절에도 의지가 필요하다. 무지함을 느껴야 방법을 찾고 성장한다.

1학기 수업은 기초선택으로 회계, 재무, 경영통계를 택했다.

아무리 비경영전공자라 해도, 현업에 이렇게 오래 있고 한 부서의 운영을 책임지고 예산 수립, 집행의 책임까지 있는 사람으로서 이 정도면 너무 무식한 거 아닌가 싶은 나날이었다. 그간 얼마나 많은 지식이 내 머릿속에서 사라졌는지 알아차리지 못 했었다.

재무와 경영통계에 난무하는 숫자며 수학공식으로 추정되는 무엇들. 문제와 답이 같이 주어졌으나 이해가 되지 않았다. 공대오빠 남편에게 SOS를 구했다.

"이해를 못했어요."

"여기 풀이가 있잖아요."

"알아요. 풀이가 이해 안된다고요."

"가만히 보고 있어봐요. 계속 보고 있으면 이해될 거예요."

긴 말 좋아하지 않는 성격이라 두말 없이 돌아섰지만 남편이 정말 얄미웠다. 늘 공부 잘했다는 사람이 범인의 마음 따위 짐작도 못하겠지.

사실 가만히 문제와 풀이를 보고 있는 것밖에 할 수 있는 게 없었다. 늘 내게 손쉽게 문제의 답을 내주었던 검색 엔진도 무얼 물어봐야 할지 알 수 없으면 쓸 수가 없다.

신기하게도 반복해서 문제, 풀이를 보고 또 보고 이렇게 저렇게 궁리하다 보니 한 줄이 이해됐다.

사실 그 한 줄 이해에 너무 긴 시간을 소비해 바로 다음 줄은 엄두도 못 냈지만 내가 머리로 공부하는 사람이 아니라 엉덩이로 공부해야 하는 사람이란 건 확실했다.

주말에 스터디 카페를 처음 가보았다. 딸 아이가 스터디 카페에 공부하러 다닐 때 집 두고 돈 쓰러 다닌다고 실랑이를 꽤 많이 했다. 양식 있는 엄마처럼 보이고 싶어서 '꼭 공부 못하는 애들이 공부하는 장소 탓하지'라는 뻔한 말은 입 밖에 내지 않았지만 입 속으로는 빼놓지 않고 이어갔었다.

집에서는 공부가 되지 않았다.

집에서는 자꾸 배가 고팠고, 입이 심심했고, 쉬는 시간이 잦았고, 안 자던 낮잠을 자게 됐다.

재무 문제풀이 한 장을 들고 스터디 카페에 갔다.

두 시간 이용권을 끊고 앉아 가만히 보기 시작해 몇 줄 못 나갔는데 시간 종료 알람이 떠 다시 2시간을 연장했다. 2시간을 세 번 연장하니 남편에게 도대체 어디 간 거냐는 문자가 왔다.

내 엉덩이는 아직 재무 한 장을 다 못 풀었는데 하루가 갔다.

그렇게 엉덩이로 버티고 버텨 이해해 낸 재무는 A+을 받았다. 지식이 레벨 업 되었습니다~.

04

오퍼? O4?

내 전공은 오퍼레이션스(Operations)이다. 비즈니스의 궁극적 목적이라고 할 수 있는 상품 생산 및 서비스 제공과 관련된 과목으로 경영이라는 큰 그림을 보게 하고 돈을 벌어오는 재화, 서비스의 흐름과 운용의 원리, 효율적, 합리적, 과학적으로 사안을 조망하고 결정을 내리는 방법 등을 배울 수 있는 전공이다. 일에 연차가 쌓이면서 얻게 되는 직관과 경험이 있다면 여기에 기술적, 계량적인 사고접근을 더함으로써 가진 능력을 더 안정적으로 구사할 수 있게 하는 능력을 배양할 수 있다고나 할까.

내 성장의 동력은 부끄럽게도 지적 허영심이다. 지적 호기심이나 순수한 학문에의 탐구심이 있기를 원하지만 내가 잘 아는 나는 그렇게 학문에 열정적이지 않다. 너무 읽기 싫지만 사피엔스, 정의는 무엇인가, 만들어진 신과 같은 류의 책을 읽은 사람이 되고 싶은, 그런 종류의 허영심이 나를 한 뼘씩 자라게 한다. 오퍼레이션스는 이 지적 허영심을 채우기에 충분한 전공이었다.

같은 기수 일곱 명의 전공자들은 본 전공을 한결 같이 오퍼라고 불렀다. 해당 분야에선 아무도 이렇게 줄여 부르지 않기에 오퍼?

Offer? O4? 도대체 무슨 소리지? 전공교수님들께서 우리들의 대화를 듣고 고민을 많이 하셨다는 후문이 있다. 보통 공장, 생산관련 등 전공과 맥이 닿아 있는 현업 종사자들이 많이 선택하는 전공이기도 하고 산업 특성상 주로 남자전공자들이 많았던 분야였으나 이번 기수에선 절반 넘는 인원이 여자였던 데다가, 전공자 모두가 해당 분야와 크게 관련 짓기 어려운 분야에서 모여 새로운 분위기와 사람들이라고 오히려 교수님들이 무척 좋아하셨다. 물론, 수업 시간에 속은 좀 터지셨겠지만 그래도 우리 전공자들의 적극성과 의기투합만큼은 비할 데 없이 좋았다고 자평한다. 나는 애초 입학부터 전공을 정하고 들어간 경우로 학업계획서에 전공에 대한 이야기를 쓰라고 되어있어 당연히 전공을 정하고 시작해야 하는 줄 알았다. 업무적으로도 관련이 있어 들은 풍월이 도움이라도 되겠지 하는 마음이 컸는데 전공 선택은 사람들이 제일 고민하는 부분이기도 하고 관련해서는 워낙 여러 설이 있어 요즘 말로 케바케라고 밖에 할 수 없다.

말씀 잘하시기로 유명한 어떤 교수님의 이야기에 전공을 바꿀까 흔들린 적이 있는데, 교수님 말씀은 MBA에선 어차피 무언가 정말 전문적으로 깊이 있게 배우기는 어렵다. 그만한 시간이 없기 때문이기도 하지만 사실 목적이 그러하지도 않기 때문이다. 그렇다면 이 기회를 한 번도 접해보지 않은 분야로 내 지식의 지평을 넓혀보는 것으로 이용하는 것이 어떠냐는 것이었다. 맞는 말이다. 자고로 MBA는 뭐든 넓히는 용도로 쓰는 게 제일 좋은 것 같다.

은근 엉덩이가 무거운 편이라 전공을 바꾸지는 않았지만, 접해 볼 기회가 없었던 분야에 도전하는 선택을 응원한다.

1, 2학기에는 기초선택 총 8과목 중 6과목을 수강하게 된다. 4과목씩 학기를 번갈아 개설되고 한 학기에 3과목씩 최대 수강한다고 해도 이때 수강하지 못한 과목은 사실 졸업 때까지 수강할 기회가 오지 않을 수도 있다. 3학기가 되어야 1학기 때 수강하지 않은 과목이 다시 개설되는데 그때는 전공을 우선으로 들어야 하기에 시간이나 과목 수를 맞추기 어려운 경우가 대부분이다. 지금 생각해보면 1학기 때는 이 시스템을 제대로 이해하지 못했고 앞으로의 선택까지 크게 생각지 않아서, 관심은 있었지만 수상할 기회를 놓친 아쉬운 과목이 있다. 지금에 와서는 1, 2학기 때는 전공을 염두에 두고 수업을 선택하기보다 듣고 싶은 과목을 우선으로 들으면서 내게 여지를 더 열어 주어도 좋았겠다 싶다.

전공은 2학기 이후 선택하게 되며 그때부터 전공영역 전공선택 세 과목, 전공영역 프로젝트과제연구, 해당전공·타전공 불문 전공선택 한 과목을 수강해야 한다. 내 경우 1, 2학기 과목 선택 시 전공을 염두에 두거나 내게 부족한 부분을 채우려 과목을 선택했다. 효율로 따지면 시간은 제한적이고 다루는 범주와 깊이를 고려할 때 못하는 부분을 채우는 것보다 관심있거나 잘하는 부분을 더 잘하게 하는 것이 더 효과 있지 않았을까 생각해본다.

구분	전공영역	교과목명	개설학기	
			1학기	2학기
기초선택 (1, 2학기)	공통	경영통계	O	
		회계원리	O	
		인사관리		O
		마케팅관리	O	
		재무관리	O	
		오퍼레이션스 관리		O
		경영정보시스템		O
		국제경영학		O
전공선택 (3, 4학기)	인사조직	전략경영론	O	
		조직행동과 팀 경영론	O	
		조직개발과 경영혁신컨설팅		O
		국제인사조직 전략론		O
		인사조직 프로젝트과제연구		O
	마케팅	소비자행동론	O	
		마케팅조사론	O	
		전략경영론	O	
		브랜드커뮤니케이션		O
		마케팅전략		O
		마케팅 프로젝트과제연구		O
	재무	투자론	O	
		기업 재무론	O	
		파생증권론		O
		자본시장론		O
		재무 프로젝트과제연구		O

전공선택 (3, 4학기)	오퍼 레이션스	경영과학		O
		서비스관리	O	
		품질경영		O
		공급사슬관리	O	
		오퍼레이션스 프로젝트과제연구		O
	국제경영	국제기업환경론	O	
		국제마케팅		O
		국제재무론	O	
		전략경영론	O	
		국제경영 전략론		O
		국제경영 프로젝트과제연구		O
	회계회계	회계이론과 실제	O	
		관리회계	O	
		재무회계		O
		재무회계 사례분석		O
		회계 프로젝트과제연구		O
	경영정보	정보자원관리	O	
		전략적 자료분석	O	
		경영정보 프로젝트과제연구		O
		빅테이터와 사용자경험		O
		4차산업혁명과 정보활용		O

　과목별로 한 두 개씩의 개인, 조별과제를 수행한다. 조별과제는 개인과제보다 좀 더 심도 깊게 주제를 다룰 수 있고 다양한 분야 의 지식, 경험 및 재능을 가진 사람들이 협업하는 과정에서 꽤 높

은 퀄리티의 결과물이 나오기도 한다. 한 분야를 넘었기 때문에 볼 수 있는 교수님의 통찰을 접할 수 있는 것이 강의에서 얻을 수 있는 장점이었고 과제 수행을 통해 다루었던 주제는 확실히 지식으로 습득되어 남았다. 학술지나 학위논문을 찾아서 많이 읽는 것이 도움되었는데 처음에는 엄두가 나지 않던 것이 읽는 것도 익숙해지면 요령이 생겨 적응할 수 있다. 대학원 수업 따라가기나 과제 수행이 어렵다고 느껴진다면 시작을 논문 한편 정독하기로 추천한다. 관련 자료는 대학도서관을 이용할 수도 있으며, 국회도서관에서도 많은 자료가 Web-DB로 전자도서관 형태로 운영되고 있어 필요한 자료를 수월하게 얻을 수 있다.

학위취득은 평균평점 3.0 이상으로 33학점 이상 이수 후 종합시험을 통과하거나 전공영역의 프로젝트과제연구를 수행하여 평점 3.0 이상을 취득해야 한다. 프로젝트과제연구는 속한 조직의 업무성과 향상과 연관된 구체적이고 실질적인 주제를 대상으로 한 학기 동안 지도교수님과 의견을 교환하면서 해결방안을 도출하는 소논문 형식의 보고서를 작성하는데, 완성 후 전공 교수님들과 전공자들 전체가 모인 자리에서 발표하는 것까지 포함한다.

프로젝트과제연구 내용 목차 (예시)

I.   서론

        기업 소개 및 관련 업무 소개 (필요시)

연구 배경 (연구의 필요성과 목적)

문제의 정의 및 범위

분석방법 개요

II.   본론

현황 분석 (As-Is)

구체적인 문제점 정리, 문제 수준 평가

개선방향 도출, 자료수집, 실험 및 분석

개선 해결안 도출

미래 모습 (To-Be)

기대성과 및 실제성과

III.   결론

개선 해결안 요약

개선 해결안 실행 시 이슈

시사점 및 한계점

　

프로젝트과제연구는 연구 범위를 너무 넓게 잡거나 규범적인 주장으로 흐르지 않도록 유의하는 게 필요하다. 최대한 구체적이고 사실적인 문제점을 정의하는 게 중요한데 현업과 관련된 주제를 잡는 것이 효익과 비용을 따지거나 분석할 때 최대한 구체적인 수치를 이용할 수 있어 개선방안 도출에 용이하다. 한 학기라는 연구 기간이 길다고 생각될 수도 있지만 해결안에 따라 일정 기간 개선 상황에 대한 모니터가 필요한 경우도 있고, 경우에 따라 연구

를 진행하는데 한계가 있어 주제를 변경하는 경우도 있다. 학기의
절반 지점에 7-80%를 완성한다는 목표로 진행할 것을 추천한다.

05

새로고침

신입생 오리엔테이션에서 앞선 기수 한 분의 'MBA 누가 공부하러 오나요?'라는 소리에 갑자기 내가 촌뜨기 같다는 생각이 들었다. 공부는 당연히 열심히 하는 거라고 생각하고 있었는데, 이것도 올드 패션인가 보구나. 난 술도 잘 못 마시고 교류도 너무 많으면 힘든데. 별별 생각이 다 들면서 이때부터 머릿속이 복잡해졌다. 지나보면 난 정작 크고 중요한 결정은 고민없이 덥석덥석 잘도 내리면서 쓸데없는 부분에 꽂혀 머리를 복잡하게 한다. 어쩌면 우리 삶을 피곤하게 만드는 고민들은 알고 보면 이런 안 해도 되는 걱정들일지도 모른다.

모두 비슷하겠지만 매일이 항상 어제보다 바쁜 나날이었다. 아이들도 자라 손이 덜 가게 되고 이론상으론 시간이 남아야 정상인데 인생에는 대기 중인 일들이 많았다. 와중에 학교 다닐 시간이 될까, 하물며 수업도 늦게 끝나는데 언제 공부하고, 과제하고, 사람들과 자리 한번 할 시간이나 되겠나 싶었다. 역시 이론상 가능하지 않아야 말이 될 터이지만 성긴 입자들로 가득한 통에 물이 들어가듯 그 시간들이 또 하루에 담겼다.

첫 해에는 토요일 수업을 들었지만 이후부터는 평일 개설되는 수업 위주로 시간표를 짰다. 토요일까지 나오고 싶지 않은 이유보다 코로나가 생활 속에서 안정된 3학기부터는 수업 후 '친구'들과 어울리는 게 너무 재미있어서 학교에 가고 싶었다.

열 살 어린, 첫 조별 과제로 가까워진 친구가 나를 서슴없이 누나라 불렀다. 동생도 없는 나에겐 익숙하지 않은 호칭이기도 했지만 무엇보다 나이차가 10살인데 누나 소리가 입에서 떨어지는구나 싶으며 쟤도 사회생활 꽤나 오래 했나보다 싶은 생각이 들었다.

스무 살 어린 친구가 선뜻 언니라 불러왔다. 세상에. 이러지 않아도 우리 가까울 수 있다고 얘기해줄까? 조금 오래 고민되었다.

인사관리 교수님이 수업 시간에 나를 '선생님'이라 칭했다. 아니. 교수님의 선생님까지는 아니잖아.

학교 밖 술자리에서 같은 기수 동갑내기 친구를 만났다. 술도 좀 들어간 상태에서 '야 친구야 반갑다. 건배' 몇 순배 술잔을 돌리며 재미있게 놀았다. 다음 날 수업에 앞서 보내온 그 친구의 '야 정아야! 너 오늘 수업 있어?'라는 카톡에 너무 당황해서 '네 오늘 있어요'라는 대답을 보냈다. 갑작스러운 거리두기에 그 친구도 당황했다고 들었다. 왜 아니겠는가.

스스로 관계에 능하고 사회성이 좋다라고 해왔는데, 익숙하지 않은 관계와 맥락에선 나도 다시 학습이 필요했다.

팀에 프로젝트 매니저들이 내가 전공으로 삼은 오퍼레이션스와 관련된 업무를 한다. 그들과 눈높이를 같이 하고 싶다는 마음에 '너네 딱 기다려 내가 공부해서 올게'라는 이야기를 한 적이 있는데, 동기들과 같이 간 MT에서 '난 제법 직원들과 격의 없이 지내는 사람이야'라는 소리가 하고 싶어 이 일화를 얘기했다. 그 또래의 동생들이 그런 말 하는 상사 정말 싫다며 질색 팔색을 했다. 세상에. 부장님의 조크는 부장님만 웃기는 게 맞구나. 내가 그리 말 많은 사람이 아닌 게 정말 다행이었다.

사람들과의 대화에서 종종 사용하는 '나이가 많아서' 또는 '늙어서'로 시작하는 몇 자학 레퍼토리가 있다. 사람들은 상대방과의 적정한 거리가 가늠 안되는 경우 실수하고 싶지 않음에 오히려 멀게 거리를 둔다는 생각에 '이 정도 잽은 나한테 날려도 되니 안심하렴' 하는 나름의 제스처라고 생각했다.

어느 순간 레퍼토리 사용 빈도가 잦아지며 그 내용이 스스로 너무 듣기 싫었다. 내게는 특별하고 맥락과 의미가 있는 내 안의 돌고 도는 생각들도 나를 떠나는 순간 그냥 이야기에 불과하다. 그래서 어른들이 하는 얘기는 재미가 없다. 교류와 새로운 일을 겪지 않으면 내 속의 내게만 특별한 이야기를 하는 사람이 된다.

MBA 친구들과 오늘의 이야기를 할 수 있어 좋았다.

06

계획은 그러했다

모나지 않게 흘러가는 대로 있는 듯 없는 듯. 어떻게든 되겠지.

변화의 진짜 문제는 변화를 다루는 혹은 대하는 나의 태도라고 했던가. 적극성까지는 아니더라도 모나지 않게 흘러가는 대로 다가옴을 밀어내지만 않아도 충분히 풍요로운 생활이 되었다. 반갑게 아는 척할 수 있을 정도의 인연들이 늘어나고, 선뜻 뜻 맞춰 여행 갈 수 있는 친구들도 생기고, 코로나도 막지 못한 기출변형 만남까지, 아직 졸업식도 하지 않았는데 벌써 '우리 그랬었지'로 술자리 마다 회자되는, 아직은 지겹지 않은, 에피소드들이 많았다.

첫 방학에 1박 2일 와이너리 탐방여행, 이후 당일치기 제주도 한라산 등반을 비롯해 코로나 시국에 허용된 인원수 지침에 따라 규모를 달리하는 모임은 언제 어디서든 계속 만들어졌다. 시국이 시국이니만큼 활동은 미비하겠다 예상했지만 오히려 그런 시국이어서 주어지는 기회들이 모두 소중하고 재미는 훨씬 배가되어 느껴졌다. 3학기부터는 거리두기 인원제한도 해제되어 베트남 하노이에서 해외학술제도 열렸고 오래 기다렸던 전체 기수가 모이는 MT도 성사됐다. 우리 모두 성인들이고 사회생활 경험 역시 꽤나 있는,

게다가 이런 활동들이야 회사에서도 회식에, MT에, 세미나에 이벤트까지 오히려 더 풍요로운 프로그램과 예산 바탕에서 있는 일이지만 학교라는 공간이 사람들에게 끌어내는 순수함 때문이라고 할까 학교에서 친구들과 보내는 시간에는 그 시절 그때 느낌이 있었다. 가장 순수한 시기를 보낸 공간을 본능이 기억하는 걸까?

앞선 기수가 졸업하고 우리 기수가 주축이 되어 원우회를 꾸리기 시작했을 때 대외협력국장직을 맡게 됐다. 아직 완전히 코로나로부터 자유로운 시기는 아니어서 '대외적 활동'이란 카테고리가 불명확 했지만 앞선 기수로부터 전달받은 사항은 서울시내 총 8개 대학 MBA와 활동을 연계하는 역할이었다. 앞선 기수가 코로나의 한가운데를 지나간 기수라 대면 수업도 어려운 상황에서 대외 활동은 사실 전무했을 수밖에 없었고, 앞선 활동의 예시가 없는 상황에서 어떻게 꾸려가야 하고 무얼 해야 하는 지 학교 생활이 오랜만인 나로서는 몹시 막막했지만 이미 수락한 직책이고 나는 무얼하든 열심히 하는 축이었다.

연합 MBA 단톡방을 들어가는 것으로 활동이 시작됐고 얼마 안 돼 학기 첫 행사로 성균관대에서 주최하는 '유기견 봉사활동'이 열렸다. 원우회카페에 해당 공지를 올리고 참여할 사람들을 모집했지만 지원자는 단 한 명, 첫 행사인데 지원자 한 명을 혼자 보낼 수는 없었다.

이른 아침 집결장소에 도착하니 같은 학교로 보이는 삼삼오오

짝을 지은 인원들이 모여들었다. 대충 보아도 대부분이 20대, 많아도 30대 초반 정도로 보였다. 아 이건 아닌 거 같아. 갑자기 내 자리가 아니라는 생각에 마음이 불편해지며 집에 가고 싶었다.

망할 책임감.

유기견 보호 견사로 이동하여 작업이 시작됐다. 생각보다 몸 쓰는 작업이 많았다. 밥그릇과 물그릇을 씻고 새 물을 급여하는 역할을 맡았는데 견사가 줄지어 있는 곳에 빈 물통과 깨끗한 물이 담겨있는 통을 수레로 끌고 다니며 견사 내 물그릇의 물은 빈 통에 비우고 밥그릇과 함께 깨끗한 물통에서 닦아 제자리로 돌려놓는 작업이었다. 물통이 차면 비워야 하고 설거지 물도 중간 중간 깨끗한 물로 바꿔줘야 하는데 문제는 수도가 견사의 입구 쪽으로 멀리 있고 수레로 끌어 이동할 수 있지만 견사 사이의 좁은 복도 공간은 각자 맡은 역할을 하고 있는 인원들로 붐비고 있어 수레를 밀고 나가려면 다른 작업자들이 잠시 일을 멈추고 비켜줘야 한다는 것이었다. 결국 물이 가득 든 통을 직접 들고 수도까지 오가야 한다는 말이었다. 작업은 2시간 남짓 계속됐고, 3시간이었나? 아무튼 뭐든 열심히 하는 나는 혹 마스크를 벗고 사람들과 인사를 하게 되는 경우 '아 나이 많은 저이가 그래도 일은 제일 열심히 했지'라며 내 많은 나이가 나의 성실성과 상쇄되어 긍정적인 평가를 받기 바라는 마음에 온몸을 바쳐 일했다.

해당 작업이 끝나고 기관에서 인력이 부족해 오랫동안 적치한 상태로 두었던 폐기물, 주로 개똥 및 견사바닥의 톱밥류를 폐기물

수거 트럭으로 옮겨 싣는 작업에 전 인원이 투입되었다. 전 인원이 줄지어 건사로 조성된 컨테이너와 컨테이너 사이, 사람 하나 겨우 지나갈 공간에 적치된 포대자루를 하나씩 꺼내어 트럭까지 전달 전달로 옮기는 작업이었는데 쉬는 시간 몇 번에 어쩌다 보니 줄의 맨 앞에 서게 되었다. 포대자루를 더미에서 끄집어내는 역할이었는데 워낙 오랫동안 묵혀 둔 개똥더미는 파낼 때마다 벌레도 많았고 심지어 쥐도 나왔다. 내가 세상에서 제일 무서워하는 게 벌레인데 망할 책임감은 날 그 속에서 버티게 했다. 결국 다음날 목에 담이 들어 도수치료에 약물치료까지 1주일은 고생했지만.

작업 후 미리 예약한 중국집에서 뒤풀이가 있었다. 우리학교에서 누가 왔다 도장은 찍어야 하기에 너무나 집에 가고 싶었지만 꾹 참고 참석했다. 열명 남짓 둘러 앉은 같은 테이블의 사람들이 명함 교환을 하기 시작했다. ×× 대리, ×× 사원, ×× 대리, ×× 사원, 제일 높은 직함이 과·차장급으로 보였다.

이럴 줄 알았다고.

명함 안 가져왔다고 할까?

××× 상무라 적힌 내 명함이 부끄러웠던 건 그때가 처음이었다.

'열심히'로 모든 걸 극복할 순 없다. 낄끼빠빠. 낄 때 끼고 빠질 때 빠져라.

07

한 뼘의 성장

언젠가 회사 워크샵으로 간 제주도에서 직원들과 함께 올레길을 걷는 일정이 있었다. 십년도 더 지난 꽤 오래 전 일인데 지금도 간혹 마지막 몇 ㎞ 코스를 걷던 순간이 떠오른다. 돌아서는 굽이 이후는 보이지도 않는 긴 해변도로를 따라 걸으며 휘몰아치는 바람에 팔만 벌리면 곧 새가 되어 날아오를 것 같은 기분. 눈에 담기는 풍광이며 느낌이며 내 속에 나를 그득 채워 나만으로도 충분한 느낌에 삼삼오오 수다 떨며 걷던 사람들도 저절로 수십 미터씩 간격을 두고 서서히 벌어져 그 순간을 오롯이 즐기며 걸었다. 십년이 넘게 지난 지금도 그 마지막 여정의 순간이 사진처럼 선명하게 기억난다.

완주에 너무 골몰하여 앞만 바라보고 지나온 길을 진심으로 즐기지 못했다. 15㎞의 길이가 가늠도 안되고 4-5시간을 걷는 작업이 어느 만큼 힘이 소비되는 일인지도 알 수가 없었기에 가는 내내 조심스러운 길이었다.

마치 내가 삶을 사는 방식이 그러하듯. F는 없지만 진정한 의미의 A+도 없다. 삶에서 A+ 혹은 그 이상의 순간을 맞이할 기대보다

B나 F를 맞지 않는 것에 골몰한다. 이게 나쁘다는 건 아니지만 간혹 꿈속에서 목이 말라 물을 마실 때 그런 느낌일 때가 있다.

내가 더 도전적이고 용감하며 열정적인 사람이길 바라지만 나는 한 뼘의 성장을 좋아하는 사람이다. 목표하기에 부담도 없고 잘 안 돼도 크게 서운하거나 좌절할 필요가 없다. 그 한 뼘 없어도 그만인 걸 뭐. 그래도 인생에 이렇게 널려 있는 한 뼘의 성장이 주는 위로가 있다. 오랜 직장 생활이 지겨워질 때, 엄마로 아내로 자식으로 세상 의무만 있는 것 같은 삶에서 '나는 누구지?'라는 인생의 사춘기를 다시 겪을 때, 그래도 내가 이렇게 널려 놓은 한 뼘씩의 성장들이 내가 아무것도 아닌 건 아니구나 내가 뭐를 하긴 했구나 하며 셀프 위로가 된다.

입에 붙었던 바쁘다 삶에서 나는 또 어찌어찌 그만큼의 시간을 만들어냈다. 아직 졸업식은 안 했지만 마지막 수업과 프로젝트과제까지 마무리했으면 형식적인 졸업식을 제외하면 학교 공부는 끝난 것이다. 어렵게 마련한 시간과 습관이 그대로 다시 하루라는 시간에 녹아 사라질까 아쉬워 다른 관심들로 그 시간들을 옮기고 있다. 책을 쓰기 시작했고 규칙적으로 운동하는 시간을 더 늘렸고 요리를 배우기 시작했다. 주말이나 연휴가 길어지면 심심하다는 소리까지 한다. 내 하루라는 바구니가 더 커진 것 같다.

엊그제 전공 동기들이 2달여만에 다시 뭉쳤다. 곧 졸업식이라 얼굴 볼 기회가 있었지만 그 시간까지 기다리기에 2달의 공백이 벌써 길게 느껴졌다. 마지막 학기 전공교수님들까지 선뜻 자리해주셔서 요즘 힙하다는 힙지로에서 만남을 가졌다. 당일 아침부터 설렌 마음에 하루가 길었는데 들어서는 면면의 얼굴에 내가 생각보다 훨씬 많이 그들을 그리워했다는 생각이 들었다.

MBA의 꽃은 네트워킹이라는데, 50세 2021년 입학으로 네트워킹을 목적하지는 않았지만 남은 것 중 제일 좋은 것은 사람이다.

자기소개가 어려운 사람들을 위한 MBA

박소영

01

테스트 베드

결론부터 이야기하면 MBA는 자신의 테스트 베드가 된다. 다양한 사람들과의 만남을 통해 역설적으로 자신을 정의하게 되는, 자신이 무엇을 잘하고 어디에 쓸모가 있는 사람인지를 확인하게 된다. 그리고 스스로를 시험대 위에 올려놓는 다양한 상황들을 만들어 낼 수 있다. 지금 내가 있는 곳이 정녕 제일 나은 선택인지 내가 지금의 자리를 벗어나면 할 수 있는 일들이 무엇인지에 어느 정도 답을 찾을 수 있다.

"저는 (회사)에서 (무슨 일)을 하는 (누구)입니다"

MBA의 수업 첫 시간에 자주 하는 것 중 하나가 자기소개이다. 기업의 규모가 클수록, 하는 직무가 전문적일수록 임팩트를 준다. 하는 일이 자신을 정의하지 못하는 사람은 이 시간이 참 고역스럽다. 반면에 드물게 그 짧은 문장 속에도 자기 일에 대한 확신과 자신감이 넘치는 사람들도 있다. 나는 내가 하는 일과 나를 연결시키지 못하는 사람이었다. 그래서 MBA에서 할 수 있는 다양한 활동을 통해 일과 나 사이를 채운 어수선한 생각들을 정리하고 다듬어보기로 하였다. 적극적으로 팀별 프로젝트를 진행하고 가능한

한 많은 사람들을 만났다. 다양한 분야에서 일하는 사람들과 만나는 일은 나에 대한 항상 새로운 발견들을 가져다 주었다. 그런 시간들은 졸업을 한 지금까지도 이어져 MBA로 인연을 맺은 사람들과 시작한 프로젝트를 논의로 매주 일요일 저녁은 한주 중에 가장 바쁜 시간이다. 지금 생각해보면 한번 맺은 인연은 다른 인연으로 이어져 새로운 일을 하는 연결고리가 되어왔다. 미디어에서는 종종 한번 배운 기술로 평생을 사는 시대가 끝났다고들 말한다. 그렇다. 우리는 언젠가는 자신의 일을 찾아서 해야 한다. 자신을 자본으로 하는 일, MBA는 그런 다음의 삶을 테스트할 좋은 기회가 될 것이다.

Every rejection, every disappointment has led you here to this moment

-영화 〈Everything Everywhere All at Once〉

02

자기소개가 어려운 이유

살아오면서 나는 얼마나 많은 거절을 경험했을까? 수많은 거절들, 그것은 수많은 시도를 의미하기도 한다. 영화 Everything Everywhere All at Once에서 주인공 에블린에게 다른 우주에서 온 남편 웨이먼드가 이야기한다. '멀티버스의 세계에서 당신을 찾아온 이유는 당신에겐 이루지 못한 목표가 너무 많고 모든 것에 서툴러서 가능성이 가장 큰 존재이기 때문'이라고. '수없이 많은 이루지 못한 목표와 제대로 할 줄 아는 것이 하나도 없는'이라는 대사에서 허리를 곧추세우게 된다. 만약 멀티버스 안에 사는 다양한 '나'가 모인 자리에서 지금의 내가 자기소개를 한다면 나는 아마도 이 표현을 사용해서 나를 소개할지도 모른다.

나는 20대에는 패션디자이너로 커리어를 시작했다. 내가 커서 디자이너가 되는 것은 적어도 나와 내 가족에게 있어서만큼은 자연스럽고 당연한 일이었다. 나의 20대 하루의 대부분을 광장시장과 동대문시장에서 보냈다. 나는 시장이 좋았다. 매일매일 활기찼고 하루하루가 새로웠다. 8~90년대 기성복 시장의 엄청난 성장을 함께했던 사람들은 중흥기가 오길 바라고 있었다. 만나는 사람마다 그 시절을 이야기하고 그리워했다.

2000년내에 들어서자 패션업계의 지도는 수입 의류 중심으로 옮겨갔고, 서서히 쇠퇴하는 의류제조업을 다시 한번 예전의 위상으로 끌어올리려는 사람들이 긴 세월을 버티고 있었다. 나는 더 늦기 전에 나만의 브랜드를 가지고 싶었고 바로 실행에 옮겼다. 기성복이 몸에 맞지 않는 사람들을 위해 맞춤테일러링과 퍼스널 쇼핑, 스타일 컨설팅을 같이 진행했다. 가진 모든 것을 쏟아붓고 열심히 뛰면 성공하리라 생각했던 내가 한가지 놓친 것을 이제와서 생각하면 지속가능성이었다. 정기적인 수익창출이 가능한가? 나는 그 지금과 같은 상태로 계속 일을 할 수 있는가? 이런 고민들과 수정 가능한 방향성이 있었어야 했다. 개별고객 맞춤전략은 고객의 만족도를 높일 거라 예상했지만, 실제로 고객은 자신이 무엇을 원하는지 모르는 경우가 많았고, 무엇을 원하는지 확실히 아는 고객조차 자신이 모르지만 새로운 어떤 것을 원했다. 맞춤에 집중하다 보니 자체적인 개발이 힘들어졌고 이런 상황들이 거듭될수록 지속적인 사업에 대한 회의가 들었고, 애당초 이 일을 왜 시작했던가 하는 질문이 도돌이표를 달고 날아왔다.

여러 단계를 거쳐야 하는 의류제조의 특성상 안정적인 생산처가 있어야 했는데 소수의 고객을 대상으로 하는 상품에 대응해 줄 기술자는 부족했다. 공장에서 요구하는 물량을 맞출 수 없었고, 유통업체 수수료와 제조비용은 점점 올라가서 버는 전부를 내주어야 했다. 직원들의 월급을 주기 위해서는 적당히 타협해야 했다.

그러다보니 브랜드의 주요한 가치(품질)가 훼손되었다. 그렇게 나는 커다란 실패를 배웠다. 더 늦기 전에 안정적인 수입이 필요했고, 패션은 신물이 났다. 열심히 만들어 내놓았지만 외면당한 옷들은 처분해야 할 거대한 골칫거리처럼 느껴졌고, 더 이상 애정이 가지 않았다.

생산처에 일감이 끊기지 않도록 물량을 맞추기 위해 작업했던 옷들과 공장을 헐값에 넘기고 옮긴 직장은 서울시 출연 기관이었다. 숨 막히는 실적의 압박도 없었고, 스스로 뭔가를 빨리 결정해서 행동해야 손해를 보지 않는 민첩함도 요구되지 않았다. 무엇보다도 조직의 분위기가 이전 근무지와 완전히 달랐다. 젊지만 모두 나이 든 것 같은 나른한 권태감이 느껴졌다. 모두가 주인이지만 아무도 주인이 아닌 느낌이었다. 지금 돌아보면 그 시기만큼 직업과 직장에 대해 치열하게 고민한 적이 없었던 것 같다. 들이는 시간과 공에 비해 많은 보수를 받는다면 성공적인 이직일까? 자신이 잘하고 좋아하는 일을 찾아 돈을 번다는 건 가능한 것일까? 처음 몇 년은 새로운 조직에 적응하는 것만으로도 힘들었다. 전혀 다른 분위기에서 일을 하다보니 내 안에 성장하는 부분과 무력화되는 부분이 확연히 드러났다. 적지 않은 시간을 안정된 곳에서 보내고 나니 세상의 변화에 둔감해졌다. 늦기 전에 다른 일을 하고 싶다는 생각이 강하게 들었다. 그래서 나는 정년까지 일하리라 생각했던 일터를 떠나기로 결심했다. 여러가지 이유가 있었지만, 결정적인 이유는 같이 일하는 사람들과 분위기에 따라 개인의 역량과 퍼포

먼스가 달라지고 이것이 삶의 만족도에 큰 영향을 미친다는 것을 깨달았기 때문이었다. 나에게 있어 일과 삶은 두 개의 구분 지어진 별개의 영역이 아니라 삶의 태도를 결정하는 하나의 연속체였다. 현재는 많은 시행착오를 통해 나에게 잘 맞고 강점을 잘 연결시킬 수 있는 일을 찾아 살고 있다.

내 능력에 훨씬 못 미치는 노동은 나를 소외시키고 내게서도 소외된다. 그런 노동이 오랜 기간 지속될 경우 내게 맞는 일이 왔을 때 그것을 감지할 능력을 잃어버리게 된다. 자신을 발전시킬 기회가 사라진다. 맞지 않는 일을 한다는 건 속상하고 답답한 일이다.

-페터비에리, 삶의 격

03

기회는 의외의 옷을 입고 온다.

　여기 MBA에서 만난 두 명의 사람이 있다. 한 사람은 팀 프로젝트 시 적극적인 참여를 하지 않고, 본인이 정한 약속들마저도 기한 직전에 매번 취소한다. 다른 한 사람은 함께 수행하는 과제에 어떤 방식으로든 노력하는 모습을 보여주고 더 완성도 있게 만드는 일에 어떤 방식으로든 기여한다. 그 두 사람이 현재 창업을 준비중이라고 한다. 당신은 누구의 창업스토리가 기대되는가?

　본의 아니게 2년짜리 과정인 MBA에 4년씩이나 적을 두면서, 여섯 기수의 다양한 사람들을 만나게 되는 경험을 하게 되었다. 29기에 입학하여 28기와 30기와 함께 2학기를 다녔고, 휴학한 뒤 코로나로 인해 온라인으로 이루어진 행사들에서 31기를 만나게 되었다. 그리고 복학한 후에는 32, 33기와 함께 수업을 듣게 되었다. 마지막 학기에는 마케팅전공자들의 모임인 마케팅의 밤을 기획해서 재학생과 졸업생을 한 자리에 모을 수 있었다. 행사를 통해 기회가 닿지 않아 서로 만날 수 없었던 멋진 사람들을 연결해줄 수 있는 기쁨을 누릴 수 있었다. 마케팅의 밤과 같은 전공행사가 같은 분야에서 일하는 사람들의 교류를 위한 것이라면 이와 반대로 다양한

88　　　　　　　　　　　　　　　　　　　　　　　　퇴근길 MBA

분야에서 일하는 사람들이 교류하는 모임도 있다. 다양한 인사이트를 얻어갈 수 있는 곳, 창업멘토 김진원우가 만든 〈트렌드 학술 모임〉에서는 좀처럼 들을 수 없는 다양한 분야의 최신 트렌드를 접할 수 있다. 자신이 가진 것들을 아낌없이 내주는 분들의 헌신과 노력으로 그 결속력이 매년 더 단단히, 더 따뜻하게 다져지는 것을 본다. 나 자신이 멋지지 않아도 멋진 사람들 속에 나를 두면 성장이 일어난다는 그 말을 새삼 실감하게 된다. 여러 기수의 사람들을 두루 만나다 보면 MBA 졸업을 발판 삼아 멋지게 이직에 성공한 사례를 종종 보게 된다. 특히 MBA에서 알게 된 인연으로 이직을 한 사례도 심심찮게 볼 수 있는데, 그 간의 수업과 활동에 참여하는 모습을 유심히 본 원우가 졸업 즈음에 직접 스카우트에 나선 경우도 있었다. 이보다 더 정확한 레퍼런스가 어디 있겠느냐는 말에 모두가 고개를 끄덕였다.

군이 일로서 만난 관계가 아니어도 MBA의 행사들을 같이 진행해 본다던가, 까다로운 프로젝트 과제를 함께 하다 보면 상대방을 단순히 '아는 것'을 넘어 경험하게 된다. 그렇게 주어진 일(task)로서 서로를 경험하면, 완전히는 아니지만, 이 사람이 자신의 일터에서 어떤 식으로 업무를 수행할지 가늠이 된다. 업무가 바빠 많이 참여할 수 없고 과제에 시간을 쓸 수 없는 사람마저도 자신의 분량을 한정된 시간에 어떻게 수행해내는지 알게 되는 것이다. 그렇게 눈앞에 놓인 일을 해내는 사람들, 그리고 다양한 핑계들 앞에서도 진지하게 수업에 임하는 사람들을 보면 저 사람과는 기회가 된다면 한번 함께 일해보고 싶다는 생각을 하게 된다. MBA에서는 서로에 대해 많이 알 필요도, 알 시간도 없다. 하지만 이 적당히 보여진 성향에서 형성된 신용관계로 우리는 서로를 파악하고 도움의 기회가 생기면 위험을 안고 연결을 해주는 것이다.

우리는 가끔 우리가 삶을 통제하고 있다는 착각에 빠지게 된다. 하지만 외부에서 나를 지켜보는 인연들, 예측할 수 없는 많은 기회, 그런 우리가 통제할 수 없는 우연들이 우리를 새로운 곳으로 이끌어준다고 믿는다. 그래서 우리가 할 수 있는 일은 수많은 가능성으로 우리를 내모는 일이고, 작은 일에도 최선을 다하는 것이다. 그 가능성은 신뢰를 기반으로 타인을 통해 우연히 우리에게 온다. 이런 예기치 않은 기회들이 우리의 경력을 만든다.

> 우리의 커리어는 용의주도하게 계획할 수 있는 것이 아니라
> 예기치 않은 우발적인 일에 의해 결정된다
>
> - 존 크럼볼츠

04

이상하고 좋은 사람들

나는 MBA에서 몇 명의 이상한 사람들을 만났다. 이상하지만 좋은 사람들. 그들은 매번 고생해서 사람들을 모으고 유익한 정보와 기회들을 공유한다. 왜 그렇게까지 해주는지 모르겠지만, 자신의 에너지를 할애하여 많은 것들을 다른 사람에게 나누어준다.

삶의 큰 변화를 앞두고 고민하던 내가 마음을 털어놓던 날 내 곁에 있었던 사람들은 가족도 오래된 친구도 아니었다. 커리어를 포함한 나의 삶에 대해 정말 진심 어린 조언을 해줄 수 있을 것 같다고 생각했던 MBA에서 만난 인연들이었다. 청계천 옆에서 먹던 햄버거와 맥주의 시원함이 떠오른다. 앞으로의 일과 삶, 나라는 사람으로 살기 힘들게 만드는 엄마라는 역할의 무게에 대해 이야기했다. 그들은 어떻게 그토록 진지할 수 있었을까? 우리는 불과 2년 전 모르는 사이였는데, 지금은 삶의 제법 굵직한 일들을 정하는데에 결정적인 조언을 내어준다. 그리고 나에게 필요를 실질적인 도움을 제시해준다.

그들 역시도 쉽지 않은 길을 차근차근 걸어온 사람들이기에 그들의 인연이 되어 그 진솔한 이야기를 듣는 시간은 참 값지다. 휴학을 하고 개인사정으로 인도네시아에서 살던 시기에 휴가를 내고 발리로 나를 만나러 와준 사람들, 영양제며 구하기 힘든 한국식품들을 날라다 주고, 그것도 모자라 자신이 입던 옷까지 벗어주고 간 사람. 코로나가 터져 마스크가 귀할 때 어렵게 구한 마스크를 해외로 보내준 사람, 돌아왔을 때 누구보다 환영해줬던 사람들, 새로운 시작에 같이 응원해주는 이들, 일요일마다 모여 공부하며 각자에게 진심 어린 조언을 해주는 이들은 모두 MBA에서 만난 사람들이다. 나도 이 사람들에게 무언가를 줄 수 있는 내가 되기를 간절히 바라본다.

> 물질적인 영역에서는 준다는 것은 부자임을 의미한다. 많이 '갖고' 있는 자가 부자가 아니다. 많이 '주는'자가 부자이다. 그는 자기를 남에게 줄 수 있는 자로서 자신을 경험한다.
>
> - 사랑의 기술, 에리히 프롬

05

팀워크가 전부다
Dinder 프로젝트

사람의 성향마다 좋아하는 교수님의 수업 스타일이 있을 수 있다. 돌아가면서 발표를 꼭 한 번씩은 해야 하는 수업이 있고, 매시간 퀴즈가 있는 대신에 중간고사나 기말고사의 부담이 없는 수업이 있는 반면에 과제 없이 편히 다니다가 기말고사의 부담이 큰 수업이 있다. 어떤 수업은 시험이 없는 대신에 굵직한 과제로 대체되는 경우도 있다.

나는 그중에 팀별로 프로젝트를 수행하는 수업을 선호한다. 다양한 분야에 있는 사람들끼리 하나의 문제를 두고 해결하기 위해 고민하는 팀 프로젝트야말로 MBA의 꽃이 아닐까 싶다. 한 학기는 같은 수업을 듣는 모두가 친해지기는 어려운 시간이지만 4~6명이 친해지기는 충분한 시간이다. 팀 프로젝트 수업은 보통 첫 시간에 팀을 구성하는데, 대부분 서로 모르기도 하고 머쓱하기도 해서 교수님이 임의대로 팀을 배정해 주는 경우가 많다. 이렇게 임의대로 배정된 팀에서 서너번 팀과제 수업을 하다보면, 팀워크가 잘 맞을 때와 아닐 때에 수업의 만족도에 차이가 크다는 것을 알게된다.

그래서 마지막 학기, 나는 조금 과감하게 거절당할 요량으로 팀

과제를 함께 해보고 싶었던 원우들에게 같은 팀을 먼저 제안했다. 그리고 그렇게 MBA의 수업 중 가장 재미있고 유익했던 마케팅전략 수업이 시작되었다.

마케팅전략의 사례 연구는 수업 직후에 그 주제를 주고 팀별로 논의하여 차주에 발표하는 흐름이었다. 내가 참여한 팀은 매주 일요일 저녁에 모여 각자 조사한 시장과 트렌드를 논의하고, 스타트업의 다양한 사례를 연구했다. 정보의 비대칭성에서 사업모델을 발견하는 법이라던가, 고객가치 사슬을 만들어 끊고 이어보는 디커플링 전략 등을 이용해 이미 성공한 스타트업의 향후 확장 전략을 제시해 보는 과제는 생각보다 쉽지 않았다. 또한, 전통적 비즈니스의 접근법과는 다른 플랫폼 생태계 디자인을 통해 다양한 대응책들을 생각해보는 것은 이미 실생활에 자주 사용하고 있는 서비스를 다른 시각으로 바라볼 수 있었다. 마지막 과제는 우리 팀이 플랫폼 서비스를 출시했을 경우 어떤 가치를 고객에게 제안할 수 있는가를 고민하고 실제로 제안해보는 것이었다. 어떤 방식으로 네트워크 효과를 일으킬 수 있는지, 수익모델은 어떻게 지속해서 이어갈 수 있는지를 끊임없이 논의하고 수정하면서 제안서를 만들어가는 일은 즐거운 경험이었다.

우리 팀이 제안한 플랫폼 서비스는 반려견 중심의 매칭 서비스 Dinder였다. 직관적인 데이팅 앱 Tinder를 표방하여 Dog+Tinder를 합성한 언어로 반려견의 외로움을 강아지의 처지에서 생각해보자는 것이 아이디어의 시작이었다. 반려견 덕분에 행복한 주인이 사랑을 돌려줄 수 있는 방법으로서의 서비스였다. 지갑은 주인이 열지만, 강아지가 만족하는 서비스가 우리의 핵심이었다. 프로젝트 발표는 성공적이었고, 학기가 끝나는 아쉬움을 가지고 마무리 되었다.

프로젝트 딘더의 제안서 일부

06

지속가능한 미련한 짓
프로젝트 연구

나는 현재 글로벌 NGO 패션레볼루션에서 패션소비자와 생산자의 지속가능한 패션에 대한 인지도를 높이는 디지털 캠페인을 기획하여 진행하고 있다. 생산자로 하여금 상품의 지속가능성을 고려한 제조와 환경친화적이고 윤리적인 생산방식을 고민하게 하고 이에 대한 노력을 소비자에게 알림으로써 소비자들이 패션의 생산과정과 의류라벨 뒤의 정보에 관심을 가질 수 있도록 하는 것이 단체의 목표이다.

물건과 서비스가 넘쳐나는 풍요의 시대에 의식 있는 생산자가 되고 주체적인 소비자가 되는 일은 쉽지 않다. 스스로 가치를 판단하지 않으면 우리에 노출되는 알고리듬에 따라 사고하게 된다. 현재는 세계 패션업계의 투명성을 촉구하는 『Fashion Transparency Index』의 한글판 번역과 방글라데시 라나플라자 재난 10주기를 기리는 캠페인을 진행하고 있다.

이런 이유로, 졸업 프로젝트 주제를 선정할 때, 나는 주저함이 없이 지속가능한 패션 상품에 대한 소비자의 인식을 주제로 정했다. 이 프로젝트의 목표는 지속가능한 패션제품에 있어서 소비자

의 의식과 실재 구매 사이의 격차에 가격과 소규모 브랜드의 영향
을 알아보는 것이었다.

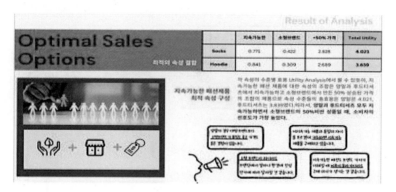

프로젝트 과제 발표자료 일부

졸업 프로젝트 연구의 제목은 〈컨조인트 분석을 활용한
Sustainable fashion product 속성평가 및 제품선택에 관한 연구〉
다. 연구의 주제는 일찍이 정했지만 접근법에 대해 고민하던 때에
소비자 행동론에서 배운 계획 행동이론(TPB)을 통해 소비자 인식
과 태도가 구매 행동에 영향을 미친다는 것을 알게 되었다. 또한
관련된 다양한 이론과 서적을 접하게 되었다. 유명하지만 읽을 기
회가 좀처럼 없었던 『설득의 심리학』이라던가 『넛지』, 『노이즈』, 『생
각에 관한 생각』, 『똑똑한 사람들의 멍청한 선택』 등 행동경제학
관련 도서를 정독한 경험이 프로젝트 연구에 도움이 되었다.

나는 패션상품을 양말(탐색재)과 후드티셔츠(경험재)로 나누고,
상품구매 시 사람들이 지속가능성과 가격의 상대적 중요도에 대

해 연구했다. 서울에 거주하는 20세 이상의 성인을 대상으로 200명을 대상으로 2주 동안 설문 조사를 진행하였다.

　조사한 내용을 가지고 상품 개발과 마케팅 전략에 주로 이용되는 컨조인트 분석기법을 통해 소비자 인식에서의 상대적 중요도를 도출하였다. 소비자 행동론 측면에서 소비자는 꼼꼼히 따져보고 비교한 뒤 가장 합리적인 선택을 하는 것이 아니라 본능적으로, 그리고 직관적으로 상품을 선택하기 때문에 인식과 행동에 격차가 생긴다. 나는 이 연구를 통해 이 격차에 영향을 미치는 요인을 알아보고자 했다. 물론 한계는 있었다. 그것은 패션소비자의 소비의 결정적인 요소인 디자인과 기능을 배제하고 조사를 한다는 점이었다. 그럼에도 불구하고 201명의 응답을 분석하여 유의미한 결과를 도출했으며, 그 결과는 상당히 흥미로웠다. 실증분석 결과 속성별 상대적 중요도가 나왔고 가격이 높을수록 지속가능성의 효용이 크다는, 즉 가격이 높을수록 지속가능성의 가치에 대해 더 높게 평가하는 소비자들이 많다는 결과가 나왔다. 이것은 지속가능한 패션브랜드에게 효과적인 브랜딩 전략 방향을 제시해 줄 것이라고 확신했다.

　또 한가지 흥미로운 점으로는 지속가능한 패션 제품에 있어서 소형브랜드의 선호도가 도드라진 점이었다. 마지막으로 가장 큰 수확은 설문 조사 마지막에 지속가능한 패션 제품에 대한 의견이었다. 현재는 이 문항들을 분석하여 실무에 도움이 되는 질적 연구를 진행 중에 있다. 경영학도로서 지속가능성을 추구하다 보면 경영학이 추구하는 가치와 지속가능성이 추구하는 가치가 상충된다는 것을 매 순간마다 느낀다. 철학자 한병철은 그의 책『아름다움의 구원』에서 개성과 소비는 서로 대립하는 개념이고, 그렇기에 지속성은 소비에 적합하지 않다고 했다. 가장 이상적인 소비자는 개성이 없는 인간이고, 개성이 없기에 트렌드를 따르며 무차별한 소비가 가능하다는 것이다.

이런 소비자를 시장에서는 선호한다. 입어서 좋으면 하나만 주구장창 입고, 꾸미는 시간이 귀찮아서 잠이나 더 자는 나 같은 소비자는 애당초 시장의 고객군에 포함되지 못한다. 그럼 이런 내가 시장 밖에서 지속가능성을 위해 할 수 있는 일은 무엇일까. 나는 그냥 시시각각 변화하는 내 생각을 잘 정리해 두는 것이라고 생각했다. 강요보다는 권유를, 권유보다는 그저 이런 생각을 하는 사람이 여기에 있다고 알리는 것이다. 사람의 생각과 습관은 쉽게 바뀌지 않는다. 하지만 누군가에게 영향을 받고 다시 그 영향을 누군가에게 전달한다. 그래서 나는 오늘도 찬찬히 내 생각을 정리해본다. 지속가능성에 대해 내가 할 수 있는 일에 대해.

> 우리는 대부분 세상을 있는 그대로 즐기겠다는 선택을 한다. 독창적인 사람들은 시류를 거스르는 힘겨운 투쟁을 감내하면서 세상을 더 나은 곳으로 만들기 위해 고군분투한다. 그들은 생명과 자유를 존중하고 신장시키기 위해 투쟁하는 과정에서 개인적인 쾌락을 충족시키는 일은 일시적으로 포기하고 자신의 행복을 추구하는 일도 뒤로 제쳐둔다. 그러나 멀리 보면, 그들은 보다 나은 세상을 만들 기회를 얻는다.
> - 오리지널스, 애덤그랜트

07

누가 진짜 나인가?
셀프 브랜딩 스터디 Sunday MSG

자기 자신에 대해 깊이 고민하다 보면, 내가 보여주고 싶은 나의 모습과 여러 상대가 보는 나의 모습, 그리고 자신만 알고 있는 나의 모습 중 어떤 것이 진짜 나의 모습인지 알고 싶어진다. 그리고 결국 이 모든 것의 부분 합으로 자신이 만들어진다는 결론에 이르게 된다. 자신의 브랜딩에 성공한 사람들의 사례를 보면 자신이 원하는 것과 역량을 잘 정렬 시켰다는 점과 긴 시간 동안 일관된 모습과 메시지를 꾸준하게 만들어 냈다는 공통점이 있었다.

최근 큰 인기를 얻고 있는 한국인 개그맨 김경욱 씨의 부캐인 일본인 다나카가 지난 4년 간의 캐릭터 연구와 지속적인 컨텐츠 작업으로 만들어진 것이라는 점은 일관성을 띤 브랜딩에 큰 시사점을 제공한다. 연기자들조차 놀라는 그의 완성도 높은 퍼포먼스는 오랜 기간 쌓아온 노력의 결과일 것이다. 이처럼 셀프 브랜딩이란 자신의 이력이나 업무와 관련된 관심사를 기록하거나 부계정을 만들어 대중에게 어떤 메세지를 전달할지 그 전략을 만들어가는 과정을 말한다. 직무와 관심사, 라이프스타일, 취미생활 등으로 자신을 분석하고 강점으로 스스로를 부각시키거나 스스로가 선호하는 자아상을 구축함으로써 자신의 가치를 높이는 과정이다.

이것은 사기탐구의 과정과 다르지 않지만 소셜 네트워크를 활용한다는 점이 다르다. 나는 MBA에서 만난 인연 중 서로에 대한 이해가 깊고 피드백이 가능한 팀을 구성해 격주 일요일 저녁 셀프 브랜딩 스터디를 하고 있다. 우리는 각자 관심이 있는 분야를 정하거나 자신이 나아가고 싶은 방향에 대해 주기적으로 업데이트를 하며 서로에게 피드백을 준다. 관련 서적을 통해 브랜드의 핵심 요소들을 탐구하고 이와 연관이 있는 하나의 브랜드를 선정해 그들이 스토리를 전개해 가는 방식과 그 브랜드 뒤에 사람들에 대해서도 분석한다.

이 과정은 자신을 바로 보는 것에 상당히 도움을 준다. 몇 차례의 시간을 거쳐 관심사인 지속가능한 패션과 관련된 컨텐츠 생산을 위한 계정을 만들었고 주기적으로 지속가능한 패션에 대한 기사와 정보, 공부한 내용들을 작성하여 피드에 올리고 있다. 이제 시작해 팔로워 수는 매우 적지만, 나는 이 계정으로 사람들에게 지속가능성에 대한 정보와 경향을 제공할 예정이다. 4년 후 이 계정의 성장에 대한 기록을 남길 수 있기를 희망하면서.

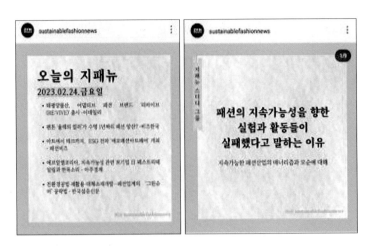

운영중인 인스타그램 계정 '지패뉴' IG@sustainablefashionnews

미디어는 세계와 인간을 매개하면서, 동시에 그 둘을 변화시킨다. 그리하여 세계와 인간은 미디어와 더불어 공진화한다. 물론 그렇게 변화한 세계는 과거와는 다른 존재론을 요구하며, 그렇게 변화한 인간은 과거와는 다른 인간학을 요구한다.

- 이미지인문학, 진중권

08

MBA 후에 남은 것들
無知의 知

어제 나는 초등학교 시절부터 현재까지 긴 시간을 같이 보낸 친구와 함께 밥을 먹었다. 친구는 어릴 적부터 똑똑했고, 언제나 변함없이 노력하는 삶을 살았다. 성실한 그녀답게 처음 들어간 직장에서 한 분야의 커리어를 차곡차곡 쌓고 있었고, 꾸준한 운동과 자기관리로 건강한 몸과 마음을 가지고 있었다. 하지만 아무런 고민 없을 것 같은 그 친구조차도 자기 일과 경력에 대해 고민을 한다는 사실을 알게 되었다. 그래서 나는 내 가장 오래된 친구에게 이 MBA를 소개해줬다. 2년간의 시간이 너를 완전 다른 곳으로 데려다 줄지도 모른다고. 원하는 만큼의 지식과 경험을 쌓지 못하더라도 너와 내가 나누는 대화만큼 가까운 고민을 나눌 수 있는 사람들을 늘릴 수 있다고. 조언해 주었다. 친구는 30년 전처럼 대답도 안 하고 그냥 웃기만 했다.

MBA를 마친 지금, 나는 어렴풋이 들어 온, 그리고 열심히 파보았지만 좀처럼 깊이 들어갈 수 없는 학문의 영역에 서 있다. MBA는 진정 경영인을 위한 과정일지 모른다. 나를 경영하는 일. 학문에 뜻이 있었다면 전공 분야를 찾아 차곡차곡 연구자의 길을 갔을 것이고, 업무의 전문성을 다지고 싶었다면 수많은 선택지가 있었을지 모른다. 하지만 나는 MBA를 선택한 것을 후회하지 않는다. 시간을 많이 들여야 알 수 있는 길이 있다는 것과 내가 얼마나 모르는지를 알았기 때문이다. 『철학은 어떻게 삶의 무기가 되는가』의 저자 야마구치 슈는 무언가를 '아는 것'을 다음과 같은 4가지로 나눈다.

> 1단계 내가 모른다는 것을 모른다.
> 2단계 내가 모른다는 것을 안다.
> 3단계 내가 안다는 것을 안다.
> 4단계 내가 안다는 것을 모른다.

MBA가 끝난 지금 나는 2단계 즉, 내가 무엇을 모르는지 아는 '무지의 지' 상태에 있다. 그 모르는 것을 알기에는 많은 시간과 노력이 투자된다는 것도, 그러기 위해서는 포기하는 것도 있음을 알게 되었다. 나는 나의 시간에 내가 모르는 것을 더 채울 수 있는 지금과 같은 호기심이 계속되기를 기대해본다. 누군가 MBA 이후에 뭐가 달라졌냐고 묻는다면 달라진 것이 없고 모든 게 달라졌다고 말하고 싶다.

> 내가 숲으로 간 것은 신중하게 살기 위해서, 삶의 본질만을 마주하기 위해서, 삶의 가르침을 과연 내가 배울 수 있을지 알기 위해서, 그리고 죽을 때가 되어 내가 제대로 살지 못했음을 깨닫게 되지 않기 위해서이다.
> - 헨리 데이비드 소로

늦은 MBA가 있을까?

박희덕

01

정상에서 만납시다

1980년 서울에서 대형 신문사에 근무하였던 넷째 형이 시골에 내려 오면서 신문사에 소개평 요청이 들어온 책 몇 권을 들고 오셨다. 그 중 미국의 유명한 자기계발과 동기부여의 대가인 지그 지글러의 『정상에서 만납시다』란 책을 읽게 되었다. 그는 정상이란 단지 1등을 의미하는 것이 아니라 영업사원, 청소부, 공장 직공, 경영자, 기술자 등 어떤 역할이든 각자의 위치에서 최선을 다해 최고의 성과를 내는 것을 말하며 그 성과가 모여 경쟁력을 만들고 이에 정당한 대가를 지불 받는 것이 정상에 우뚝 서는 것이라고 했다. 청소부를 예로 들어 누구나 할 수 있는 청소가 아닌 자기만의 철학과 기술을 구축하여 타의 추종을 불허하는 전문가가 될 때 비로소 정상에 서게 되는 것이고 우리 모두는 각자의 특성과 경험에 따라 자신만의 독특한 방법으로 정상에 설 수 있고 성공을 이룰 수 있다는 이야기였다.

대학원 입학 자료를 만들다 수십 년 만에 다시 읽어 본 그의 글은 여전히 단순하면서도 힘이 있었다. 지난 40여 년간 내 삶의 지표로 '내 위치를 올바르게 잡고 있는지?', '최선을 다하고 있는지?',

'혁신을 이루고 있는지?', '존중과 존경을 받는 파트너가 되고 있는지?' 등 지속적으로 스스로 질문하게 하는 정신이 되어 주었다. 경영에 이미 다양한 경험을 가진 내가 MBA를 시작한 이유도 정상에 서고자 하는 수많은 노력 중의 하나일 것이다. 이런 노력 덕분에 나는 다시 나만의 정상에 설 기회를 가질 수 있을 것이라 생각한다.

02

회계와 재무

난 『정상에서 만납시다』란 책을 읽고 그 책에서 지그 지글러가 한 말처럼 영업을 잘해서 정상에 서 보고 싶었고 또 후에 사업으로 성공하고 싶었다. 이후 여러 분야에서 영업에 매진 한 결과 다양한 실패와 성공을 경험하게 되었다. 그 중 실패의 아픈 경험에서 얻은 중요한 점은 영업의 성과도 아주 중요하지만 재무와 회계를 이해하지 못하면 진정한 성공을 이룰 수 없다는 사실이었다.

1990년대 후반 케이블방송의 광전송망 구축 및 인터넷 네트워크 시장에서의 마케팅 성공으로 내가 근무하던 회사는 규모 및 매출이 폭발적으로 성장하고 수익도 많이 창출되었다. 그래서 회사의 조직이 1~2년 만에 급격하게 불어났는데 그 과정에서 많은 문제점이 발견되었다. 한쪽으로 치우친 매출 불균형을 해결하고자 투자한 사업 분야에서 수익은 부진했고, 미흡한 인센티브 제도 시행으로 인한 핵심 인력 유출 및 이들에게서 양산된 경쟁회사들로 동종 시장에서의 경쟁은 치열해졌다. 경쟁력을 잃어버린 회사는 매출과 이익 부진으로 경영환경이 악화됐으며 더 심각한 문제는 회사의 규모는 성장하였는데 조직관리 특히 경리회계업무가 투명하지 않고 체계적이질 않아 월 결산과 연말 결산 후 성과 배분을 놓고 부서 간 반목이 심해지면서 회사경영은 점점 더 어려워지게 되었다.

회사가 사태 수습을 위해 조사한 결과 당시 회사의 재무관리 상황과 상호 불신의 정도는 바로잡기가 어려울 정도로 심각했다. 당시 회사를 퇴직할까 하는 생각이 없지는 않았다. 하지만, 내가 관여하는 회사 매출이 전체의 8-90%가 될 정도로 회사와 나는 이미 분리가 불가능하다는 판단이 들었고 이에 늦었지만 경영자를 설득하여 회사의 CFO를 내보내고 회사의 정상화를 도모하기 시작했다.회사는 살렸지만 완전하지 못했고, 나중에 결국 회사는 무너졌다. 회사 빚에 대한 연대보증의 결과로 개인의 신용도 무너졌다. 결과적으로 뒤늦은 후회는 돈, 신용, 회사, 사람까지 잃는 꽤 큰 대가를 치르게 되었지만 후일 다른 사업을 할 때 같은 실수를 하지 않게 도움을 주는 근원적 경험자산이 되었다.

지속가능한 경영을 하려면 영업도 중요하지만 반드시 숫자, 즉 회계를 바탕으로 경영상 결정을 해야 한다. 믿고 맡길 전문가의 도움도 필요하지만 나 역시도 회계를 이해해야 한다. 그 이후 바빠서 직접 공부할 기회를 가지지 못하다가 이번에 서울시립대학교 경영대학원 MBA에 와서 재무와 회계를 배우게 되었다. 진즉 공부하지 못한 사실이 후회도 되고 한편으로는 남은 나의 삶을 생각하면 지금이라도 시작할 수 있어 다행이라는 생각이 들기도 했다.

03

노력은 누군가의 도움으로 열매 맺는다

사회 초년병 시절, 다른 세상에 대한 대책 없는 선망으로 첫 직장을 그만 두고 수없이 많은 기업에 재취업을 도전하였지만 쉽지 않았다. 그러다 선배가 운영하던 유선방송 신호전송용 동축케이블을 제조·판매하는 중소기업으로 취업하게 되었는데, 여기서 무역, 생산, 품질관리, 영업 등 회사운영 전반에 대한 경험을 할 수 있었고 후배라고 가까이에서 선배님이 보여주신 경영활동을 보고 배운 것이 향후 큰 자산이 되었다. 근무 중 공장을 이전하게 되어 공장 이전 시 고려사항들, 이전 후 비전을 만들고 채워가는 과정까지, 후에 식품 공장을 직접 짓고 운영할 수 있었던 노하우가 이때 비롯된 것이라 할 수 있겠다. 여기서의 경험들이 이후 내가 전문 경영인으로 기업을 운영할 때 절대적인 바탕이 되었다고 생각한다.

회사의 이전으로 나는 더 이상 이 기업과 인연을 이어가지 못하고 선배인 이 회사 사장의 소개로 이후 20년을 다니게 되는 서울 직장으로 세 번째 이직을 하게 된다. 여기서 생애 처음 1등을 하는 사업을 만들게 되며, 이후 나의 삶에 가장 큰 영향을 끼치는 멘토를 만나게 된다.

　나의 세 번째 직장 사장이자 인생의 멘토인 분께서 입사 첫날인 내게 "많은 직원들이 준비도 안 된 상황에서 2-3년 안에 독립하겠다고 사업을 차려 망하는 것을 많이 보았는데 참 안타깝다. 당신은 사업을 한다면 7년이 지난 후 해도 늦지 않으니 꼭 그렇게 하라"라는 말씀을 주셨다. 당시는 나의 속 마음을 들킨 듯하여 뜨끔하였다. 2년간 세 번의 이직을 거치며 어디에나 비슷한 어려움이 존재한다는 것을 깨닫고 난 후라 오히려 이제는 내가 이 회사를 변화시키는 것이 빠르겠다는 마음이 들며 적극적으로 여러 도전을 하게 되었고 나중에는 나의 실력과 명성으로 회사 브랜드가 오히려 강화되는 정도까지 성장할 수 있었다. 지나보니 이직이든 사업이든 내가 아무리 능력이 있어도 누군가 추천해주고, 도움을 주고 하지 않았다면 제 역할을 할 수 있었을까 하는 생각이 든다.

　초창기 영업 시절을 돌아봐도 대부분의 거래처를 직전 회사의 선배들로부터 소개받았고, 여기에 더해서 영업대상 회사와 나를 좋은 관계로 맺어준 덕택에 수월하게 시장을 넓혀 갈 수 있었고 성장해 나갈 수 있었다. 반대로 내가 성장한 후에는 역으로 그들에게 정보와 도움을 주는 등 좋은 관계로 발전하였다. 이렇게 나의 노력에 타인의 도움을 더해 성장한 내가 타인을 도울 수 있는 위치에 서는 것이야 말로 내게는 진정한 의미의 성공이라는 생각이 든다.

MBA는 정말 각양 각색의 사람들이 모인다. 다양한 사람들이 비슷한 관심사와 목표를 공유할 수 있다는 것은 여기에서 내가 멘토를 만날 수도 혹은 타인의 성장에 도움을 얹을 수도 있는 일이다.

04

사람, 사람, 사람

다니던 수입축산물 유통회사를 퇴직하는 날 지금까지 가장 많이 도움 주고 응원해준 거래처의 담당자를 보러 갔는데 뜻밖의 제안을 받았다. 업체가 2년 전에 공동 투자하여 세운 축산 유통 기업의 경영 결과가 좋지 않아서 매각을 생각하는데 내가 인수 하면 잘 할 수 있을 거라고 매수를 제안해 왔다. 이래서 사람은 평소에 한 땀 한 땀 최선을 다해서 살아야 하는 것 같다. 이 기업은 진입 하기 어려운 대기업 유통업체인 L그룹에 등록되어 있어서 앞으로 다른 유통기업으로도 확장할 수 있는 가능성이 있고, 지금은 경영 적자지만 잘 경영한다면 3년 안에 충분히 정상화가 가능하다고 판단되어 인수를 결정했다. 이 회사는 인수 시 이미 100억 원의 매출을 L마트에 하고 있었고, 나는 추가로 가공제품까지 납품 하여 부가가치를 더 만들어 낼 수 있다고 보아 준비한 경영자금으로 3년 정도는 견딜 수 있고 또 그 시간이면 충분히 손익분기점에 도달 할 수 있다고 생각했었다. 하지만 경영은 뜻대로 되지 않았다.

L마트는 우리 공장에서 L마트용 축산제품 가공을 하지 않겠다

고 통보했다. 그 통보를 받았을 때는 앞이 깜깜했다. L마트에 제품을 납품해서 이익을 내겠다는 판단으로 거금 7~8억원을 추가 투자해서 공장을 준비했고 나름 신의 한 수라는 생각까지했는데, 그로 인한 대출이자와 직원들의 월급 등 투자비로 곧 회사가 파산할 것이라 생각되었다. 그래서 전직원들과 긴급 협의를 해서 공장의 운영 방향을 바꾸기로 결정했다.

현재 우리 공장의 개념을 새로운 서비스를 제공하는 가공 공장으로 탈바꿈하자는 것이었다. 이는 곧 공장 풀가동이 가능할 만큼 물량을 늘릴 수 있으며 아직 산업의 강자가 없는 식자재 가공업으로 방향 전환을 하자는 것이었다. 물론 남들이 안 하는 이유는 까다롭고, 클레임 많고, 부가가치가 지극히 적은 일이기에 산업의 강자들이 참여하지 않는 것이니 얼마나 힘이 들까 걱정이 앞섰다.

고참 직원들은 반대가 심했'다. 매우 어려운 결정이었지만 난 반대로 생각하기로 했다. 산업의 고수가 없거나 빈약하니 단숨에 성장 가능하며, 전국 식자재 가공 시장에서 수입육만을 취급하는 기업에서 국내산 소. 돼지고기까지 전부 취급하는 종합기업으로 올라갈 수 있는 기회라고 생각했다. 식자재 가공 및 유통업을 같이하면 수입육 도매 판매에서 손실이 생길 경우 가공 공장을 활용하여 손실을 최소화하면서 신속한 처리를 통해 유동성 확보가 용이하다고 생각했다. 또 수입육을 대규모로 수입하니 규모의 경제가 가능하다고 직원들을 안심시키며 식자재 사업을 시작했다.

식자재 공장에서 제일 중요한 일은 매일 주문 들어오는 수백가지 종류의 육류를 국내산, 수입육으로 구분하고 소, 돼지의 각종 부위를 나누어 원하는 규격에 맞게 생산하여 적시에 공급하는 것이다. 여기에 경영자와 직원들의 정성과 도덕적 마인드를 기반으로 소비자가 안전하고 맛있게 먹을 수 있는 제품을 제공하는 것이 회사 경쟁력이고 성장의 원천이라는 생각으로 공장을 경영하기 시작하였다.

다행히 공장 가동 후 1년 만에 의도한 대로 다양한 거래처 확보가 가능해 졌고, 물량도 크게 늘어 공장을 증축해야 할 만큼 가공 규모가 늘었다. 그렇지만 그때까지는 공장에 큰 규모의 투자가 들어 갔기에 투자 및 고정비 대비 수익이 많지 않아 적자가 누적되어 갔다. 여기에 더해 가공비는 그대로인데 최저임금은 100% 인상되었고, 축산물이력제 시행 등 소비자의 까다로운 요구로 추가 비용이 투입되는 일이 많아졌지만 그에 대한 적절한 보상은 받을 수 없었다. 정부는 대기업에, 대기업은 중소기업에 비용을 떠미는 구조로 물량과 매출은 증가하나 적자가 나는 상황에 놓이게 되었다. 괴로움의 연속이었다. 이 사업은 임직원들이 야간작업, 주말작업으로 고생 하는데 임금은 넉넉히 올려 줄 수 없는 한계가 큰 사업이기도 했다. 이러한 시장 상황으로 경영자가 할 수 있는 일은 매우 제한적이어서, 동일 업종 대비 동등 이상의 임금에, 좋은 회사 분위기를 만들고자 노력하는것이 내가 할 수 있는 최선이었다. 그래도 동종업계에서 최고의 회사로 만들겠다는 생각으로 최선을 다

했다. 어느 정도 자리를 잡아가고 있다고 생각했을 때 다시 몇 가지 이슈로 회사가 위기에 직면했다.

첫째는 L마트 회사 매출액의 80%를 차지하는 고급 육 브랜드인 호주산 '흑소 소고기' 주문을 '와규'로 변경해줄 것을 요청 해왔다. 이 두 가지 소고기는 장기 비육우로 전부 선주문에 의해 공급과 판매가 이루어지고 있어 지금 당장 와규를 시장에서 구하고자 하면 고가로 매입하는 방법밖에 없어서 상당한 손실이 불가피했다. '흑소'도 L마트 외 새로운 판로를 다시 모색 해야 하기에 역시 상당한 손실을 보고 판매 할 수밖에 없었다. 그럼에도 불구하고 그렇게 안 할 수도 없었던 것은 물품공급권을 회수당해서 거래 자체를 못 하게 될 수도 있기에 손실이 있어도 해야만 했다. 결과적으로 최대이익을 내는 대표아이템이 없어지고 단기간 손실이 불가피한 상황에서 신규 아이템을 개발해야 하는 어려운 상황이 되었다.

또한 정권이 바뀌면서 급격히 오른 최저임금으로 회사는 전혀 준비가 안 된 상태에서 인상분을 전부 감당 해야 하는 상황으로 몰렸다.

게다가 고객들의 제품에 대한 위생, 품질, 적기 공급 등에 대한 요구도 전과 다르게 매우 수준이 높아졌고 이러한 부분들은 비용으로 감당해야 하지만 고객사는 이를 비용으로 인정하지 않아 인상된 비용을 전부 감당해야 하는 회사의 경영은 더욱 어려워질 수밖에 없었다. 대표이익을 내는 아이템의 종료로 수익은 내지 못하고, 인건비 및 비용이 감당하지 못할 만큼 커지는데 회사는 비용을 인정받지 못하니 부분이 고스란히 손실로 나올 수 밖에 없었다. 제대로 대응하지 못하면 회사의 존립을 보장할 수 없는 상황이었다.

한편으로는 이런 시장의 변화는 수많은 한계기업을 도태시켜서, 오히려 준비되고, 경쟁력 있는 기업에 대한 수요가 늘어나는 상황으로 변화하고 있었다. 우리 회사는 위생 및 서비스 능력은 우수했지만 앞에서 열거한 여러 원인으로 지속적 손실이 발생하고 있었고 그 결과 운영자금 부족이 심해졌다. 그럼에도 매출은 더 성장하니 자금난은 더욱 심해져 하루하루를 간신히 버티어 내기도 어려운 상황이었다. 직원들이 업무에 헌신하지만 회사 상황은 점점 더 어려워졌고 이에 간부 직원들의 피로도 극에 달하게 되었다. 경험으로 보아 이러한 여건들이 겹쳐져 힘이 들 때에는 우선 자금이 투입되어야 하고, 외부 대기업에서 조직 경험이 있는 간부 사원이 와서 상황을 해결하고 한 단계 성장시켜 주지 않으면 회사의 성장이 멈추는 것은 물론이고 기업이 파산으로 가게 된다는 것을 예견할 수 있었다. 결국 그때 나는 새로운 임직원을 영입하기로 했다.

그래도 사람이다. 우리가 경영을 하다 보면 여러 다양한 사건 사고 및 위기를 마주하게 된다. 이렇게 위기에 처했을 때 지금까지는 나 혼자, 내부의 역량만으로 해결하고자 노력했었다. 그 상황이 장기간 지속되면 조직이 지치고 에너지를 전부 소모하게 되어서 더 이상 업무를 지속하지 못하는 상황이 되어 버리는 경우를 많이 봐왔다. 그렇게 되기전에 외부의 능력 있고 조직에 활력을 줄 수 있는 인재를 투입해야만 조직의 활력도 유지할 수 있고, 재도약의 발판도 만들 수 있다는 걸 알고 있었다.

마침 이 시기에 평소 잘 알고 지내던 대기업금융그룹에서 임원을 하신 대학 학과 선배이자 동아리 선배가 퇴사 후 잠시 회사에 놀러 오셨는데 그때 내가 잠시 쉬는 기간동안 우리 회사에 재능기부를 해 달라는 요청을 드렸다. 다행히도 흔쾌히 허락하시고 경영을 도와주셨다. 이분이 오신 후 직원들과 혼연 일체가 되어서 공장현장의 어려움을 해결하고, 거래처에 가서 말하기 어려운 일도 최선을 다해서 제안하여 반드시 결과 값을 만들어 주셨다.

당시 우리의 숙원이 1위 식자재 기업으로의 입성이었는데 우리의 부족함보다는 그 기업의 신규 거래처 확대에 대한 까다로움으로 기회조차 잡지 못하고 있던 때였다. 선배는 영업 대상인 대형 식자재 기업의 임원에게 우리 회사가 능력이 없으면 기회를 박탈하더라도 한번 보고 판단하라는 공격적인 제안을 하셨다. 덕분에 우리는 기회를 가질 수 있었고 그 대기업의 파트너기업이 되어 이후 국내 축산물 식자재 공급 기업 중 최고, 최대 기업이 될 수 있었다.

7개월 후 선배는 다시 제1금융권 자산운영 책임 임원으로 이동

하셨고, 지금은 국내 수위의 부동산 관리회사 대표이사로서 재직 중 이시다. 그리고 이분은 2년 후 다시 우리에게 간접적으로 투자사를 소개하여 주는 인연을 만들어 주시기도 하셨다. 우리가 열심히 해서 어려운 환경에서 견디고 살아 남는다면 기회는 반드시 온다. 그 기회를 잘 살리면 좋은 기업으로 성장 할 수 있고 그렇지 못하면 아무리 노력해도 노력한 만큼의 성과를 이루지 못할 가능성이 높다. 선배님 덕분에 짧지만 강력하게 혁신과 만남이 이루어졌고 그 결과는 회사와 나의 새로운 성장 동력이 되었다. 난 미처 마무리하지 못한 회사의 유통을 책임질 인재를 모시기 위해 노력하기 시작했다.

앞에서 이야기했듯 제일 큰 거래처인 L마트의 구매 담당자와 당사 영업담당 간 의사소통문제로 담당자간 신뢰가 무너져 영업상 큰 문제가 발생했었다. 어떤 연유에서든 구매 고객의 감정이 상하기 시작하여 타 경쟁사 대비 우리 회사의 실적이 형편없어지고 경영환경은 악화되어갔다. L마트가 회사 전체 매출액의 70~80%를 넘게 차지하고 있는데 그들의 언어를 이해하지 못하고 해석을 잘 못하고 있다는 생각을 하던 중 내가 좋아하는 L마트의 축산팀장이 회사를 그만둔다는 소식에 그를 모셔오고자 몇번의 설득과 제안 끝에 결국 함께 할 수 있었다. 그분과는 평상시 수시로 협력사 책임자로서 소통을 유지하고 있었고 가끔 있는 호주 출장기간에는 맥주 한 잔 하면서 공통의 주제로 소통하는 시간을 가지다 보니 업무를 떠나서 인간적으로도 좋은 파트너 관계를 형성해 간 것이 나중에 이분을 모실 때 결정적 기여를 하게 되었다.

L마트 전임 축산 팀장을 당사 임원으로 영입해서 영업부에 배치하니 처음 몇 달간만 중소기업에 적응하느라 힘들어 했을 뿐, 지금까지 직원들에게서는 볼 수 없었던 색다른 장점들을 발휘하기 시작했다. 이분은 기존의 임원들과 서로 배려해가며 부드러운 리더십을 발휘해서 좋은 분위기로 회사와 팀을 끌고 갔다. 다행히 기대한대로 L쇼핑 전체 영업담당자와의 소통도 원활해지고, 나머지 도매나 물류팀을 포함해 회사 전체의 선임으로 역할을 잘 수행하며 조직적으로 움직이니 전체적으로 조직이 안정되고 어려운 상황이 조금씩 개선되어 갔다.

이 임원은 대기업에서 근무한 경험으로 업무 이해능력과 조직조화 및 운영능력이 좋고 업무 사무능력도 뛰어나 투자 전과 후 두루두루 회사의 핵심 간부 사원으로서 역할을 했다. 또 대기업 출신 리더들이 사무업무 중심의 역할만 잘하고 실무 현장 지휘하는 것은 약해서 문제인데 이분은 실무 능력도 탁월해서 기존 직원들의 존중도 받아 전체적으로 조화가 이루어지기 시작했다.

새롭게 임직원이 꾸려지고 진용이 갖추어지니 다시 새로운 사업으로 진출할 수 있게 되었다. 우리가 한 일 중 제일 큰일은 온라인으로 거래처 확대를 위해 오래전에 시작했지만 성장을 시키지 못해 답보 상태였던 온라인 B2B 사업 **박스로의 진출을 통한 사업 확대였다. L마트에서 모신 이 임원과 나는 서로 의기투합 하여 이 사업의 핵심 개념을 파악하고 상호 역할을 나눠 맡아 추진한 결과 **박스의 핵심 거래처로서 월 매출 20억 원의 온라인 B2B 사업을 3년도 안 되는 시기에 만들어 내게 되었다. 새롭게 영입한 임원 한 명의 탁월한 리더십 덕분에지금까지 대기업에서 갈고 닦아온 그의 지식과 기존 우리 회사 직원들의 열정과 헌신이 만나서 이같이 빛나는 실적을 만들어낼 수 있었던 것이다.

사람은 자신에게 맞는 자리가 있다. 그가 우리 회사에 와서 그의 실력을 과감히 발휘하는 것을 보면 그를 만난 나도 참 복이지만 그도 우리 조직을 만나서 일의 즐거움을 느끼고 있다는 생각이 든다.

회사를 나에게 소개하여 내가 회사를 창업하게 하고 매각할 때까지 끝까지 책임진 사람과 내가 축산 가공업을 하게 도와주고 성공할 수 있게 도와준 인연들 모두 사회생활을 하며 만난 인연들이다. 주요 대기업 거래처의 담당자였던 이 상무는 내가 새로운 회사를 인수할 수 있게 소개해주었고 또 퇴직 후에는 우리 회사에서 주요 보직을 맡아 회사가 크게 성장할 수 있게 도움을 주었다. 이 상무는 신규 영업과 관리에 좀 더 강점이 있고, 이 전무는 사업을 관리하여 키우는 능력이 탁월했다. 반면에 남 상무는 생산 현장 및 제품을 매우 잘 알아 공장 운영 및 실무 필드 영업을 잘하는 삼인 삼색이 뚜렷한 특징들이 있다. 그러면서도 세 명이 서로 협력도 잘하였다. 나와 함께한 임원들 또 직원들이 같이 만들어온 마켓컬리, 쿠팡, 헬로네이처 등 수많은 거래처들은 경영 분야 중 인사를 잘해서 우리가 파트너기업의 최고 협력사가 될 수 있었다고 생각한다.

앞서 소개한 분들을 생각해 보면 인연을 만든 것도 결국은 사람이고, 일을 만든 것도 사람이고, 일을 해결한 것도 사람이었다. 내가 누구를 만나는지에 따라서 나의 삶의 깊이와 폭이 달라진다고 볼 수 있다. 엄청난 일도 결국은 사람이 만들고 해낸다, 나의 지금까지의 모든 과정도 결국은 사람을 만나기 위한 작업이었던 것이고, 다시 사람을 만나서 일을 만들고, 키우고, 만든 것을 나누는 행위로 이어졌다는 생각을 하게 되었다. 우리는 사람과의 소중한 인연을 통하여 성장하고 성공을 해 나갈 수 있었다. 그래서 사람이 답이다. 사람이.

이렇게 사회생활을 하며 만난 인연들도 서로가 도움을 주며 성장과 성공을 이루어 가는데 함께 수학하는 MBA에 오면 더 다양한 사람들과 직업을 접하게 되고, 폭넓은 인연을 만들 수 있는 것 같다. 이해관계가 없는 친구, 동기의 인연들은 더 특별하기에 사회생활을 함에 있어 서로에게 큰 도움이 될 것이라 생각한다.

나는 오랜 기간 사업을 하며 익히게 된 인사관리 및 리더십에의 중요성에 대하여 MBA를 하면서 더 잘 알게 되었다. 현장에서 실제 익히며 배운 인사관리 능력도 내게 소중한 자산이지만 또 다른 방향으로 접근하는 이론적 인사관리는 나에게 새로운 사람 다루는 법을 알게 해주었다.

지금도 또다른 성공을 꿈꾸며 국내 와이파이 공유기 시장 점유율 1위 회사에서 전문경영인으로 재직하고 있다. 여기 MBA에서 배우고 있는 여러 경영지식과 더불어 내가 필요로 했을 때 나를 도와주었던 분들을 생각하며 나를 필요로 하고 있는 지금의 회사에서 나만의 리더십으로 새로운 성공신화를 만들어 보려 한다.

MBA 입학 면접 시 교수님들이 질문한 내용은 "회사에 투자도 받고, 매각도 한 다양한 경험이 있는 자가 왜? MBA에 오냐"는 것이었다. 나는 내가 평상시 경영을 하면서 의문을 가졌던 문제를 학문적으로 해결 해보고, 그간 나의 직관에만 의지하여 해온 경영활동을 MBA에서 수학하여 정량적 수치와 이론에 근거하여 해보고 싶다고 대답했다. 이러한 점이 참작되어 합격하지 않았을까 생각해 본다.

앞으로는 MBA 과정을 통해 배운 지식을 활용하여 더 전문적인 경영을 해볼까 한다. 지금까지 사업을 해오면서 직관과 감만으로 한 일이 좋은 결과를 낸 경우도 있었지만 그렇지 못한 경우도 많았으며, 인사관리 측면에서도 내가 생각했던 일들이 직원들에게는 전혀 공감 받지 못한 경우도 있었다. 또 한편으로는 규칙과 이론은 모르지만 느낌상 시행했던 일들이 매우 좋은 성과를 낸 경우에 대해서도 경영학적으로 접근하여 어떤 규칙이나 원리가 있는지 알고 싶었다. 만약 내가 MBA에서 관련 학문을 배우고 시행했다면 더 좋은 경영성과를 낼 수도 있었다고 생각한다. 그리고 다른 경영자들은 나와 같이 직접 경험하며 어렵게 배우지 말고, MBA에서 다양한 경영환경에서의 경영 방식에 대해 미리 경험하여 좀더 쉽게 회사를 경영할 수 있게 된다면 그것만으로도 큰 의미가 있다고 생각한다.

대학원 2학기 때 재무관리 수업을 들었는데 내가 너무 한심하게 느껴진적도 있었다. 교수님은 아주 젊은 분이셨는데 미국에서 학위를 받고 미국 코너 스톤 리서치에서 근무하다 오셔서 현장에도 밝았고 가르침 또한 명확했다. 회사의 재무구조를 비교분석하고 투자를 검토하는 과제를 내주셨는데 여러 자료를 가지고 검토 후 발표하라고 하셨다. 수업 내용 중 회사를 분석하는 방법에 대한 부분이 있었는데 내가 투자를 받기 전, 후 실제 경험했던 투자자와의 갈등이 있었던 내용들이 수업 내용에 포함 되어 있어서 놀라기도 했고 또 감사했다. 한편으로는 내가 만약 이 과목을 먼저 배우고 투자를 받았으면 매출 2,000억에 회사를 매각할 것이 아니라 원래 생각했던 대로 1조가 되어서 매각을 했을 거라는 생각이 들었다. 당시 우리 회사와 경쟁하였던 회사가 1조 원 매출을 달성하였고 우리 회사의 성장 속도로 보아도 투자만 적절히 이루어진 상황이었다면 1조 원의 매출 달성이 그리 어려운 일이 아니었었기 때문이다. 우리 회사의 매수자도 그러한 회사의 내적 가치를 인정하여 매수를 하게 된 것이었다.

'변호사의 조력은 절대적이다.'

투자를 받기 전에 우리 회사를 투자자에게 소개한 분이 투자를 받기 전 꼭 전문 변호사에게 자문을 받으라고 했는데 난 그 말을 경시하고 내 개똥철학으로 회사 경비, 즉 변호사 비용 1억 원을 아끼고 싶어서 그냥 투자자들의 선의를 믿고 투자 받았다가 결국 2년도 안 되어서 사단이 났다. 그 계약서에는 나에게 불리한 조항이 너무 많아서 2년간 두고두고 갈등의 불씨가 되었다. 마지막엔 나 개인에게 엄청난 손실을 안겨주었고 투자자에게는 엄청난 이익을 넘겨주는 계약조항이 되었기에 지금도 생각하면 가슴이 아프다.

내가 2년 가까이 되어서 도저히 견딜 수가 없어 개인 변호사를 선임했는데 그 변호사가 하시는 말씀이 민주주의 사회에서 상식인이 자유의지로 계약을 했으면 불리한 계약이라도 유효하기에 불법이 아니라면 수용하는 자세가 되었을 때 다음을 도모할 수 있다는 명언을 해 주셨다. 결론은 내 검토가 신중하지 못하여 발생한 약속이나 계약은 반드시 대가를 치른다는 사실을 명백히 깨닫게 해 주었다.

그래서 만약 내가 MBA에서 재무관리나 회계에 대한 전략을 좀 더 배워서 이해를 했다면 결과는 지금과 아주 달랐을 것이다. 투자를 받을 때도 투자 조건을 상호 유리하게 하고, 매각 시에도 내가 가진 권리를 충분히 주장 할 수 있는 좋은 조건으로 계약을 성사시켰을 것이다. 만약 그렇게 했다면 나와 투자자의 이해가 일치되어서 경영과정에서의 갈등도 최소화되어 아마도 5년 이상 경영을 한 후 기업 가치를 긍정적으로 평가받고 매각했을 것이다.

재무제표를 이용한 장기재무계획은 아주 중요하다. 만약 내가 투자회사의 미래가치 계산을 잘 할 수 있고, 이해만 제대로 했다면 요구하는 회사의 지분 가치나 매각가격의 가치 산정에서 훨씬 더 합리적이며 공격적인 제안으로 나의 요구를 수용하도록 했을 것이다. 이러니 내가 얼마나 가슴이 쓰라렸는지 말로 다 할 수 없다.

내가 MBA를 배우지 않음으로써 난 돈을 잃은 상황이 되어버렸다고 생각한다. 재무관리 마지막 과제로 비교 가능한 경쟁회사 2

개의 동일 시점 재무자료를 비교하여 내가 투자를 한다면 어디에 왜 할 건지 서술하는 과제를 한적이 있다. 나는 회사와 관련이 있는 L사와 K사를 비교했는데 효율성과 수익성은 L사가 조금 좋아 보이지만 성장성과 확장성에서는 K사가 좋았다. 이렇듯 바로 MBA에서 배운 공부를 회사의 경영에 적용하여 볼 수 있는 과정이 너무 만족스러웠고 또 앞에서 이야기한 이유로 아쉬웠다. 그렇지만 내가 경험하고 배운 내용을 바탕으로 앞으로 남은 시간동안 경영할 수 있으니 참 다행이라고 생각 하기로 했다.

내가 지금이라도 MBA 온 것은 정말 멋진 일이지만 좀 더 빨리 MBA를 다녔다면 더 멋진 일들이 이루어졌을 것이다. 그렇지만 내겐 아직 많은 시간이 남아있다. 앞으로 MBA에서 배운 이론을 회사경영에 잘 적용하여 덜 후회스럽고 더 나은 삶을 살고 싶다.

05

대학 은사의 강의를 MBA에서 다시 듣다

대학 입학 후 군대를 가기 전에는 천방지축 하고 싶은 대로 하면서 살았다. 나는 1990년 3월에 군대를 제대했다. 제대를 할 무렵이 되니 온갖 걱정이 밀려왔다. 공부를 열심히 하기로 마음을 다잡고 3학년 2학기 아름다운 서울시립대학교 전농동 캠퍼스에서 복학 후 첫 수업을 들었다. 그때 1, 2학년 때와는 전혀 다른 방식의 강의를 하시는 교수님을 뵙게 되었다. 그 과목은 '외화론'이었고 교수님은 젊고 유능한 정창영 교수님이셨다.

미국 UCLA에서 박사학위를 취득하시고 서울시립대학교 교수직으로 부임하셨는데 어렵기로 유명한 경제학 강의를 간단 명료하게 설명 해주셨다. . 또 학생들에게 질문으로 이해 시키는 강의 법이 너무 재미 있었다.

졸업을 하고 내가 다시 교수님을 뵌 시기는 2008~9년도 소고기 수입육 회사를 다닐 때였던 것으로 기억한다. 회사가 5월 15일 스승의 날 행사로 "고객이 곧 스승이다"라며 스승의 날 선물을 드리는 마케팅을 행사를 했었다. 나는 그 행사를 하며 나의 스승에 대해 생각했고 진짜 스승이라고 생각하는 정창영 교수님을 찾아 뵙고 선물을 드렸다. 그 이후로 종종 교수님의 연구실에 나의 일상자랑도 할 겸 하소연도 할 겸 해서 찾아 가는 일이 잦았다.

교수님께서는 내가 막 회사를 설립한 그 당시에 대학원 원장이 되셨다. 그때 나에게 MBA 오는 것이 나의 경력에 도움이 될 것 같다고 다녀 보는 것이 어떨지 제안해 주셨다. 하지만 그 당시에는 회사의 적자도 심하였고 도저히 학교를 다닐 형편이 안 되어 2021년 9월이 되어서야 비로소 MBA에 입학할 수 있었다. 그렇게 정교수님을 30년 만에 다시 교수님으로 뵙게 되었다.

MBA 입학 후 교수님이 활용하시는 SNS에서 그의 글과 그림에 대하여 이야기를 나누었는데 교수님께서 꽤나 좋아하셨다. 원래 글은 읽기 편하게 잘 쓰시는데 그림까지도 잘 그리셨다. 그림을 그리게 된 계기를 여쭈어 보았더니 예전부터 그림을 그려보고 싶었는데 미국의 딸 집에 가서 무료한 시간을 보내기 위해 색연필로 그림을 그리다보니 그게 그렇게 좋고 행복해서 그림을 그리기 시작했다고 하셨다. 요즘 교수님은 그의 페이스북에 친구들과 글 및 그림을 공유하시며 은퇴 후 새로운 삶을 꿈꾸고 계신다.

교수님께서 MBA 첫 강의 때 해 주셨던 말씀이 기억난다. 산업화 시대가 발전하면서 제품의 가치는 무형의 가치가 유형의 가치보다 중요하게 되었고 그래서 디자인, 브랜드의 차별화가 필요하고 그 차별화의 가치가 곧 제품의 가치, 회사의 가치를 결정하기까지 한다는 것이었다.

난 이 이론을 적용하여 현재 회사에서 B2C 제품에 대해 기존 제품과의 디자인 차별화를 통한 시장 진출을 결정하였다. 그래서 미국 유니버설사의 캐릭터를 자사 제품에 적용하는 것으로 계약하여 출시를 준비 중에 있다.

나는 교수님의 30년 전 학부 수업을 시작으로 은퇴하시는 교수님의 마지막 수업을 같이하고 있다. 평소 많은 사람들과 교수님의 멋진 글을 공유하고 싶었기에 이 책에서 어떤 기업이 최고의 기업이 되고 또 어떻게 몰락하는지에 대해 교수님께서 그린 그림과 함께 연재한 「최고의 기업」 1~6편까지를 소개해보고 싶다.

모든 것에 감사합니다.

정창영 교수님 32년 제자 박희덕

최고의 기업

화가경영학자 정창영

1. 최고기업의 조건

Hangang Bridges Series no.20 Wonhyo Daegyo Watercolor· artist 정창영

　오늘날 최고의 기업은 어떤 기업일까요? 더 이상 최고의 제품은 기업의 성공을 보장할 수 없습니다. 최고의 제품은 기업 성공의 필요조건이지 충분조건이 되지 못합니다. 최고의 기업은 단지 지금 이익이 많은 기업이 아니라 장기적으로 경쟁력 있다고 시장이 높게

평가한 기업으로 기업가치가 높은 기업입니다.

기업의 가치는 고객과 소비자로부터 나오는 것이며 소비자와 고객의 만족을 크게 할수록 기업가치가 높아집니다. 가장 가치 있는 기업은 단지 제품을 만드는 데 그치지 않고 제품을 사용하는 경험 전체에서 소비자에게 만족을 줄 수 있어야 합니다. 잘나가는 기업들은 최고의 경험을 강조하며 경험 전체에서 매출과 이익을 얻고 있습니다. 최고의 소비 경험은 편리와 안전, 성취감이나 과시, 꿈과 환상 등 긍정적 심리요인을 높이고 불편함과 불안, 위험 등 부정적 심리요인 최소화를 통해 만들어집니다.

현재 최고의 기업가치를 자랑하는 애플은 제품인 아이폰을 아예 스스로 만들지도 않으며 대만 기업인 폭스콘(Foxconn)의 중국 공장에서 하청 생산하고 있습니다. 대신 앱과 콘텐츠 생산자들을 망라하는 스마트폰 생태계를 완벽하게 구축하여 최상의 소비자 경험을 가능하게 하는 동시에 스마트폰 전체 생태계에서 수익을 뽑아내고 있습니다. 우리 대부분은 스마트폰 없이는 생활이 불가능하며 애플은 우리 생활 전체에서 가치를 뽑아냅니다.

신발산업에서 최고의 기업인 나이키(Nike) 역시 스스로 신발을 만들지 않기는 마찬가지입니다. 대신 소비자들이 자부심을 느끼는 경험을 할 수 있도록 브랜드 가치를 높이는 데 노력을 기울입니다. 스포츠 스타를 동원한 영웅 이야기와 전설을 만드는 것이 그러한 노력의 중심이 됩니다.

오늘 소개하는 책은 나이키 창업자의 자서전입니다. 보통 자서

전 저자들은 스스로 영웅에 세상의 심판자로 자신을 내세우기 때문에 자시진은 피하는 편인데 너무 재미있다는 추천이 많아서 읽어 보기로 했습니다. 정말 재미있어서 책 읽는 동안 기분이 좋아질 정도입니다.

같은 인간으로서 스스로의 부족함이나 실수를 시종 유머로 이야기하는 저자가 엄청난 성공을 거둔 사업자가 아니라 친한 친구처럼 느껴집니다. 창업을 생각하고 있는 사람뿐만 아니라 사업을 하고 있는 사람들에게도 추천하고 싶은 책입니다.

2021.9.23.

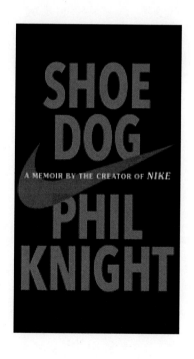

2. 맥도널드 – 편리를 파는 회사

Comfort Zone Series no.16 Sea Breeze Watercolor·artist 화가경영학자

'미국 최고의 기업은?'

이 질문에 대해 가장 신뢰할 수 있는 답은 주가지수인 다우지수 (Dow Jones Industrial Average)에 있습니다. 다우지수는 시가총액 상위 30개 기업의 주가 평균이니까 시장이 평가한 최고 기업들로 구성되어 있습니다. 시장가치는 투자자들이 자기 돈 내서 평가한 것이니까 가장 객관적이고 신뢰할 수 있는 지표입니다. 또한 주가 는 현재 상태뿐만 아니라 미래 전망으로 결정되니까 가장 전망 좋

은 기업이라고도 할 수 있습니다.

다우지수의 회사 구성은 기업의 성쇠와 산업 구성의 변화에 따라 달라집니다. 기업 주가가 하락하고 회복 전망이 보이지 않는 기업은 퇴출되고 새로이 부상하는 기업이 그 자리에 들어옵니다. 한때 세계 최고 기업으로 떠받들어지던 HP, GM, GE 같은 기업들도 내리막길을 타면서 다우지수에서 퇴출되었고 그 자리에 애플이나 구글과 같은 기술 기업들이 들어왔습니다. 다우지수 구성의 변화는 기업과 산업의 흥망성쇠를 보여줍니다.

그런데 첨단 하이테크 기술도 없는데 미국뿐만 아니라 세계 최고의 기업으로 다우지수의 자리를 굳건히 지키는 회사가 있습니다. 바로 맥도널드입니다. 햄버거 파는 회사가 어떻게 최고의 기업으로 최고의 시장가치를 그렇게 오랫동안 유지할 수 있을까요?

사실 맥도널드가 파는 것은 단순히 햄버거라고 할 수는 없습니다. 맥도날드가 파는 햄버거가 좋은 음식이라고는 결코 할 수 없지만 맥도널드의 높은 기업 가치는 편리한 점심 식사의 경험에서 나옵니다. 세계 인구의 대부분이 점심을 먹지만 점심의 경험은 시간, 식당 선택의 어려움과 잘못 선택할 위험, 식당으로 이동 거리 등 번거로움과 비용, 위험이 따릅니다. 맥도널드의 전 세계 수만 개의 매장에서 완전한 표준화 전략을 통하여 점심의 경험을 가장 편리한 것으로 만들었습니다. 맥도널드의 높은 기업가치는 이 편리성에서 나오는 것입니다.

중독은 다 무섭지만 아주 무서운 중독의 하나가 편리에 중독되는 것입니다. 일단 편리에 중독되면 조금이라도 불편하면 짜증이라는 금단현상이 나타납니다. 견디기 어렵습니다. 세계 각국에 편리에 중독된 수많은 소비자들이 있는 한 맥도널드는 맥없이 스러져 간 한때 최고의 기업들 같지는 않을 것 같습니다.

오늘 소개하는 책이 바로 맥도널드가 어떻게 만들어지고 성공했으며, 그 성공이 유지되고 있는가를 재미있게 얘기하고 있습니다. 사실 다른 한때 최고 기업들에 대해서도 그 기업들이 영원무궁할 것처럼 이런 책이 쓰였습니다. 그러나 술이나 담배 회사같이 중독에 기반을 둔 회사가 굳건하게 유지되는 것처럼 세상이 뒤집어지는 일이 일어나기까지는 맥도널드가 최고 기업으로서 자리를 유지해갈 것 같습니다. 그런데 세상이 뒤집어지는 일이 오기는 오겠죠?

2021.9.4.

3. 적과의 동침 Sleeping with Enemy

Fashion Show Series no.28 Louis Vuitton 2023 Watercolor·artist 화가경영학자

지난 글에서 세상 모든 것이 관계 속에서 존재한다고 했는데 기업 역시 그렇습니다. 좋은 인간관계가 성공적 삶을 가져오듯이 다른 기업과 제휴와 협조 관계가 기업의 생존과 성공을 결정합니다. 오늘날 생산이 여러 나라의 많은 수의 기업이 참여하는 글로벌 공급 사슬을 통하여 이루어지는 만큼 기업 간의 제휴 관계는 더욱 중요해지고 있습니다.

그런데 기업 간 제휴 관계는 배신을 전제로 합니다. 이해타산에 따라 필요하다면 언제든지 배신하고 상대방 또한 그럴 것이라고 이해하고 있는 것입니다. 사실 모든 기업들이 제휴 협력하고 있는 동시에 더 유리한 입장에 서기 위해 경쟁하고 있습니다. 그래서 기업 간 제휴 관계를 '전략적 제휴'라고 합니다. 전략이란 전쟁터에서 생긴 말이 아닙니까. 혹은 적과 협력한다는데 빗대어서 '적과의 동침'이라고 합니다. 그런데 기업들이 함부로 배신행위를 할 수 없는 것은 나쁜 평판이 나면 제휴관계를 수립하고 유지하는 것이 점점 어려워지고 그렇게 되면 기업은 미래가 없어져 버립니다.

우리나라의 대표기업인 삼성그룹은 세계 경제의 글로벌 공급 사슬에서 가장 중요한 기업입니다. 반도체와 배터리, 디스플레이 등 기술 제품 주요 부품의 세계 최대 공급회사이기 때문입니다. 그러기 때문에 세계 주요 기술 회사는 대부분 삼성의 고객으로 제휴 관계에 있습니다. 사실 삼성의 성공은 전략적 제휴의 성공이라고 할 수 있습니다.

그런데 삼성전자는 부품뿐만 아니라 최종제품도 만들기 때문에 언제나 고객과 직접 경쟁 관계에 있습니다. 예컨대 아래 사진에 본 사 건물이 나와 있는 애플은 삼성의 최대 고객인 동시에 스마트폰에서 최대의 경쟁자입니다.

지금도 점유율 1위를 유지하는 갤럭시 폰도 애플과의 제휴 관계가 없었더라면 태어나지 못했을지도 모릅니다. 애플에 칩을 공급하면서 스마트폰 사업 성공의 비밀을 배웠습니다. 그러나 갤럭시폰이 아이폰의 강력한 라이벌이 되면서 애플은 삼성에 주문 생산하던 칩 주문을 모두 대만의 TSMC로 옮겨 갔습니다. 갤럭시 성공이 삼성 파운드리 사업의 발목을 잡았다고 할 수 있습니다.

2022.1.10.

4. 플랫폼기업

Cafe Series no.15 2D Cafe Watercolor·artist 화가경영학자

요즘 플랫폼이라는 말을 많이 씁니다. 그냥 해도 될 말을 플랫폼이라는 말을 넣으면 더 멋있게 보이나요? 그럴 만도 한 것이 미국에서 시가총액 상위 기업들은 대부분 플랫폼 기업들입니다. 한때 정상에서 세상을 내려다보던 전통의 기업들은 모두 밀려났습니다. 우리나라에서도 네이버나 카카오 같은 플랫폼 기업들이 10년도 안되는 사이에 최고의 기업으로 떠올랐습니다.

플랫폼이라는 말은 거래나 의사소통이 이루어지는 장소를 말하는데 지금의 의미는 사이버공간의 디지털 플랫폼을 의미합니다. 디지털 플랫폼에는 무한히 많은 사용자들이 참여할 수 있게 되어 거래와 의사소통이 완전히 새로운 의미를 가지게 되었습니다. 플랫폼에는 참여자가 많아질수록 거래는 더 효율적으로 되고 소통의 경험은 더욱 값진 것이 될 수 있습니다. 이 같은 효과를 네트워크 효과라고 하는데 이것 때문에 선두 플랫폼 회사가 시장을 독식하는 자연 독점 현상이 발생하게 됩니다.

디지털 플랫폼의 진정한 가치는 사용자의 일거수일투족을 모두 데이터로, 즉 빅데이터를 만들 수 있다는 데 있습니다. 이 데이터를 AI로 분석하여 최적의 서비스를 제공할 수 있으며 이런 서비스는 높은 가치를 가집니다. 전형적 플랫폼 회사인 페이스북은 사용자 개개인에 맞춤광고를 만들 수 있으며 높은 광고효과를 낼 수 있습니다. 광고주들이 높은 광고비에도 페이스북 광고를 선호하게 됩니다.

그런데 문제는 사용자들은 페이스북에서 좋은 경험을 매일 즐기고 있기는 하지만 일거수일투족을 감시당하고 있다는 점입니다. 감시당하기 싫으면 페북을 포기해야 합니다. 그런데 페이스북은 수많은 기술혁신을 통하여 일단 한번 시작하면 포기가 불가능에 가깝도록 만들어 놓았습니다. 집권자들은 마음 놓고 국민들의 활동을 감시하고 통제하고 싶을 터인데 정부에서 플랫폼을 만들면 마음 놓고 국민을 감시한다는 의미가 됩니다. 그런 플랫폼에 누가 가서 의견을 교환할까요?

오늘 소개하는 책은 대표적 플랫폼 기업으로 알고 있는 FAANG(Facebook, Apple, Amazon, Netflix, Google) 각각의 사업모델을 분석하고 있습니다. 이들 기업은 서로 매우 상이한 사업모델을 가지고 있으며 넷플릭스 같은 기업은 사실 플랫폼이라고 하기 어려운 반면 페이스북은 가장 전형적 플랫폼 기업이라고 합니다.

2022.1.24.

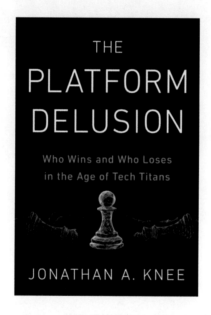

5. 산업생태계 Industrial Ecosystem

Cafe Series no.11 Snowy Night Cafe
Watercolor·artist 화가경영학자

자연 생태계에서는 먹이사슬을 통하여 태양에서 기원하는 에너지를 나누면서 모든 생물이 생명을 영위해 갑니다. 각 생물종은 서로 치열하게 경쟁하면서 종족을 유지하고 후손의 번성을 본능적으로 추구하게 됩니다. 먹이사슬의 우위에 서서 더 많은 에너지를 확보할 수 있는 종이 그 세력을 넓혀 갈 수 있습니다. 그러나 한 종의 세력이 너무 커져서 생태계의 균형이 깨지면 성공한 종은 멸종하게 됩니다. 공룡의 멸종이 그 좋은 예입니다. 성공이 실패의 원인이 되는 것은 자연 생태계에서도 하나의 원칙인가 봅니다.

자동차나 스마트폰과 같이 우리 생활 속에서 절대적으로 필요하고 많은 효용가치를 창출하는 제품과 서비스 역시 어느 한 기업이 지배할 수는 없으며 수많은 기업들이 공급사슬로 연결되어 사업을 영위하게 되는데 이를 산업생태계(Industrial Ecosystem)라고 합니다. 자연 생태계에서 먹이사슬을 통하여 태양에서 기원하는 에너지가 배분되듯이 산업생태계에서는 소비자가 얻는 효용에서 기원하는 가치가 기업의 매출을 통하여 각 기업에 배분됩니다. 경쟁력이 높고 핵심적 역할을 하는 기업은 더 많은 가치를 차지하게 됩니다.

스마트폰의 산업생태계에서 Apple과 Alphabet(Google) 같은 기업이 그렇습니다. 각각 IOS와 Android라는 스마트폰 운영 시스템을 가지고 스마트폰의 산업생태계의 중심에서 문지기의 역할을 하고 있습니다. 이들을 통하지 않고서는 스마트폰 산업생태계에서 살아남을 수 없게 되어있기 때문에 스마트폰 생태계에서 발생하는 가치 가운데 가장 큰 몫을 차지하게 되었습니다. 3조 달러에 육박하는 애플의 기업 가치, 2조 달러가 넘는 알파벳의 기업 가치가 그것을 말해주고 있습니다.

이제 스마트폰이 성숙기에 접어든 제품이 되었습니다. 스마트폰이 인간생활의 중심에 놓여있기는 하지만 매출이 정체되고 스마트폰 산업생태계는 위축되고 있습니다. 스마트폰을 대체할 뭔가 나올까요? 뜯어먹을 풀이 줄어들면 자리를 옮기는 유목민처럼 사이버 유목민들은 생활의 터전을 옮겨 가 거기서 놀고 일하고 즐기고 친구들도 만나면서 많은 시간을 보내게 되겠죠. 즉 어마어마한 효용가치가 발생하게 됩니다. 그러면 그곳에 하드웨어와 소프트웨어를 망라하는 새로운 거대한 산업생태계가 만들어집니다.

현재 많은 사람들이 기대를 걸고 있는 것이 메타버스를 중심으로 하는 VR(Virtual Reality), 그리고 아직은 거리가 있지만 AR(Augmented Reality) 같은 것입니다. VR은보다 현실감 있는 새로운 가상공간이 만들어지는 것이고 AR은 지금 있는 곳에서 현실의 공간을 가상공간으로 확장하여 연결한다는 데서 차이가 있습니다.

페이스북이 메타로 이름을 바꾸고 메타버스에 치중하는 것은 바로 이러한 새로운 기술이 만들어 낼 새로운 산업생태계에서 주도권을 갖겠다는 전략적 의지를 보여주는 것입니다. 메타의 전략적 구상이 맞아떨어진다면 스마트폰 산업생태계에서 애플과 알파벳이 가졌던 주도권을 뺏어와 새로운 산업생태계에서 문지기 역할을 할 수 있을 것입니다. 그러면 메타의 기업가치가 애플을 능가할 수 있게 될 것입니다.

오늘 공유하는 이코노미스트의 기사가 VR과 AR이 스마트폰에 버금가는 새로운 혁신이 될 것인가 하는 이슈를 다루고 있습니다. 기존의 강자인 애플과 구글도 이 새로운 기술의 가능성을 높게 보고 새로운 제품을 열심히 개발하고 있습니다. 기술적으로나 재정적으로 역량이 큰 만큼 새로운 산업생태계에서도 여전히 주도권을 유지할 수 있습니다.

삼성전자를 비롯한 우리나라의 기업들도 기술 변화에 뒤처지지

않고 어떤 산업생태계가 만들어지더라도 큰 역할을 하고 많은 가
치를 만들어 우리나라가 더욱 부강한 나라가 될 수 있기를 기대하
고 응원해 봅니다.

2022.4.6.

ECONOMIST.COM
From Apple to Google, big tech is building VR and AR headsets
They might just be the next big platform after the smartphone

6. 최고기업의 몰락

Gangnam Style Series no.17 Friday Night Fever ·watercolor artist 화가경영학자

개인이든 기업이든 국가든 사람이 하는 모든 일에 공통점이 있다면 시간이 지나 노쇠해지고 결국 죽음을 맞이한다는 것입니다. 많은 기업들은 생존을 위해 발버둥 치다가 크게 피지도 못하고 사라지지만 정상에 올라 세상을 내려보던 기업도 오래지 않아 내리막길을 걷고 급기야 사라지게 됩니다.

그나마 늦게라도 정신 차리고 새로운 모습으로 좀 더 연명하는 기업도 있기는 하지만 좀 더 연명하는 것뿐입니다. GE나 GM, HP, Nokia 등 엄청난 성공으로 세상의 추앙을 받던 기업들이 뒤안길로 사라지는 것을 보면 노화와 죽음을 피해 갈 수 없는 인간의 숙명을 보는 것 같아 마음이 짠합니다.

왜 그래야 할까요? 왜 성공은 지속할 수 없는 것일까요. 그것은 성공 자체에 실패를 부르는 독약이 들어 있기 때문입니다. 성공도 인간의 문제이고 실패도 인간의 문제입니다. 성공의 달콤한 축배에는 교만과 과시, 고집과 방심, 착각과 착시 등 인간의 심리와 정신에 작용하여 실패를 초래하는 독약이 녹아있기 때문입니다. 성공의 축배를 마시는 한 이 독약을 걸러낼 수는 없습니다. 그것이 인간의 한계입니다.

완벽한 성공이란 없습니다. 완벽한 것으로 보이게 하기 위해서는 문제와 약점을 감추고 덮어야 합니다. 기업에서 회계조작 등을 통하여 문제를 감출 수는 있어도 사라지게 할 수는 없으며 시간이 지날수록 문제는 점점 커지게 됩니다. 더 이상 숨길 수 없게 될 때는 이미 늦게 되고 급격한 내리막을 내려가게 됩니다.

성공은 교만과 방심을 가져옵니다. 세상의 모든 기업은 경쟁상대이며 성공한 기업을 끌어내리기 위해 갖은 노력을 다합니다. 성공한 기업은 교만한 마음에 방심하기 마련이며 언젠가는 허점을 드러내게 됩니다. 이것이 공식과도 같은 성공 후일담입니다.

오늘 소개하는 책은 한때 미국을 대표하는 기업이었으며 세상 모든 기업의 귀감이었던 GE의 몰락 과정을 보여주고 있습니다. 21세기에 들어올 때만 하더라도 시가총액 1위를 유지했고 당시 CEO Jack Welch는 CEO 중의 CEO로 경영의 신으로 추앙받았습니다.

그러나 이제 이 회사는 해체 수순에 들어가 어느 누구도 돌보지 않는 기업이 되었습니다.

당시 이 회사의 높은 주가는 지속적 고배당 정책에 힘입은 바 컸는데 영업 성과와 관계없이 회계조작과 기업 매매 전략을 통하여 이익을 부풀리는 방법으로 고배당을 유지했다고 합니다. 결국 이것이 후일 몰락을 재촉하게 된 것입니다. 우리나라를 대표하는 기업들이 GE의 사례를 타산지석으로 삼아 겸손된 마음으로 성공을 이어 갔으면 하는 바람으로 책을 읽었습니다.

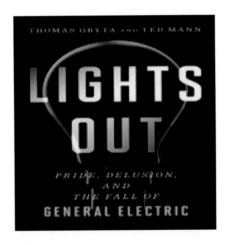

워킹맘 할 수 있다! MBA

권영희

01

나의 탁월한 선택 MBA

2020년 가을 어느 날이었다. 그때 나는 동작구 어르신일자리센터에서 총괄매니저로 일하고 있었다. 가끔 노량진청년일자리센터 센터장과 점심을 먹으면서 일의 고충을 나누곤 했는데 그날은 대학원 이야기로 대화가 시작됐다. 같은 직종이지만 나보다 경력이 많았던 그녀는 이미 경기대학교 직업학으로 석사 과정을 마쳤고 이번에는 박사를 지원하고자 한다는 것이었다.

나에게 있어 대학원은 '자기만족으로 다니는 거다', '등록금이 너무 비싸다', '석사 졸업해도 내 자리는 바뀌지 않는다', '학벌 세탁을 위해 돈으로 해결하는 거 아니냐'라는 자기 위로 아닌 자기 평계였고 엄두도 내지 못했었다. 사교육이 많은 우리나라에서 중학생, 고등학생 자녀 두 명을 키우고 있는 엄마인 나보다는 자녀의 교육비로 사용하는 것이 더 바람직하다고 여겼다. 오히려 자녀가 공부에 집중하기 위해 식사와 간식을 챙겨주고 학원 시간에 맞춰 픽업해주는 등 뒷바라지하는 것이 현명한 엄마의 역할이라 생각했었다.

그런 나였지만 그녀가 박사 과정에 지원한다는 얘기는 평소와는 달리 마음에 오래 남았다. 직업상담사로서 주로 공공기관에서 일한 나는 매번 계약직으로 2년 미만의 기간제 근로자나 5년 이하의 임기제 공무원으로 일했고 임기를 채우고 나면 계약은 끝이 난다. 그럴 때마다 이력서와 자기소개서 작성을 위해 내용을 업데이트하고 다시 채용시장에서 살아남기 위한 경쟁을 해야 했다. 지금까지 서울특별시남부여성발전센터 여성새로일하기센터, 중소기업중앙회 중장년일자리희망센터, 동작구청 일자리플러스센터, 동작구청 어르신일자리센터, 현재 한국경영혁신중소기업협회 중장년내일센터까지 다섯 곳의 취업에 성공하여 지금도 일을 하고 있지만, 노동시장에서 계속 자리매김하기에는 매번 서류전형, 면접, 심지어는 논술시험까지 치르는 등 무수한 노력이 필요하다.

채용시장에서 선발되기 위해 우선 서류전형이 있다. 기업에 보여주는 나의 첫 마케팅 서류가 바로 이력서와 자기소개서이다. 입사지원서에서 직무 경험 즉 경력이 가장 큰 경쟁의 무기이다. 지금까지 업무에서 해왔던 직무 내용과 취업 실적을 일목요연하게 표현하여 일의 성과를 보여줘야 한다. 역량 계발을 위해 무언가를 준비하고 노력하고 있다는 것도 보여준다면 더 좋다. 역량 계발의 좋은 예로 교육훈련으로 관련분야 교육수강이나 자격증 취득, 학업 등이 있다.

직업상담사 또는 커리어컨설턴트 분야에서 관계자나 종사자들이 많이 진학하는 대학원은 경기대학교 행정복지상담대학원 직업학과, 한국기술교육대학교 테크노인력개발전문대학원, 숙명여자대학교 인적자원개발대학원, 광운대학교 교육대학원 커리어코칭, 가톨릭대학교 상담심리대학원 등이 있다. 전공으로 본다면 주로 상담학, 심리학, HRD 그리고 사회복지학을 공부한다.

그런데도 직업상담사인 내가 MBA를, 그것도 서울시립대학교 경영대학원을 지원한 이유는 현재에 내 일에서의 경력개발과 미래에 남편 회사에서의 기업경영 참여 그리고 현재와 미래로 이어질 네트워킹을 구축하고 자녀 둘을 둔 워킹맘으로써 가계에 부담이 덜 되고 질 좋은 교육환경의 좋은 학교를 선택하는 것이었다.

더욱 구체적인 이유를 밝히자면 첫째, 커리어컨설턴트로서의 경력개발을 위해서 MBA에 지원했다. 사람들에게 적절한 직업정보를 제공하고 직업선택, 직업계획 등 취업지원과 관련하여 서비스하는 직업상담사 일을 좋아하며 다른 사람에게 도움을 줄 수 있는 이 일에 보람을 느낀다. 하지만 다른 한편에서는 본인 일자리를 걱정해야 하는 고용불안을 겪고 있다. 직업특성상 사업 단위로 운영하기에 직업상담사는 대부분 계약직으로 채용하는 경우가 많다. 매번 계약 만료에 맞춰서 또 다른 기관에 입사지원을 하고 다시 면접을 봐야 하기에 그때마다 내가 가지고 있는 역량과 능력을 인사담당자 또는 면접관에게 보여줘야 하는 심적 부담감을 느낀다. 요즘처럼 빠르게 변화하는 시대에서 '5 > 50'이라는 공식이 성립된다. 최근 5년 동안의 변화가 이전 50년간 변화의 양보다 더 많다는 것을 의미한다. 이렇게 급변화하는 시대에 대처하기 위해서는 새로운 것을 배워야만 한다. 평생 현역으로 살아가기 위해 장기적인 관점에서의 경력관리 및 경력설계를 통해 시대 흐름에 맞게 꾸준히 학습하여 자기발전을 도모하고 교육을 받아 자기 자신에게 투자하는 일은 필수적일 것이다. 많은 배움 중에 하나가 학업으로 석사학위가 스펙으로 활용될 수 있을 것이며, 더 나아가 직업상담분야에서 중간관리자 혹은 그 이상의 관리자가 되기 위해서는 사업에 대한 기획 및 운영 관리하는 능력을 갖추어야 할 것이다. 조직의 관리자로서 사업을 운영함에 따른 비전과 가치관을 분명히 하고 끊임없이 창의적이고 새로운 프로그램을 개발하고 폭넓은 식견과 안목을 갖추기 위해서는 경영학 공부가 기본이라고 생각했다. 직업상담사 채용공고를 보면 상담은 기본이고 회계 및 재무관리를 할 수 있는 인재를 선호하기에 관리행정에 대한 실무중심의 학습을 통해 관리자로서의 역량을 키우고 싶었다. 평생직장이 사라지고 평생직업 시대에 맞춰서 능력을 키우고 다양하게 일하기 위해서라도 늘 자기 계발에 힘써야 한다고 판단했다.

둘째, 기업경영 참여와 창업을 계획으로 MBA에 지원했다. 남편은 기술직 경력을 살려 2015년 제조업 개인회사로 시작해 현재는 법인회사의 대표로 근무하고 있다. 앞으로 내 나이 50대 이후에는 남편 회사의 기업경영에 참여하면서 도움을 줄 수 있는 고문이나 감사직으로 활동하기 위해서라도 경영학 공부가 절실히 필요하다고 생각했다. 내부통제라는 단어조차 몰랐던 내가 CFO를 꿈꾸며 재무상태표와 손익계산서를 보고 기업분석을 할 수 있고 제조업의 생산관리도 운영할 수 있는 마인드를 가질 수 있을 것 같았다. 삼국지에 나오는 제갈공명과 같이 유능한 참모로서 주군을 도와 대업을 이룬 것처럼 나도 남편 사업체에서 그런 역할을 하는 사람이 되고 싶다.

셋째, 폭넓은 인적 네트워킹을 위해 MBA에 지원했다. 대학교를 졸업한 지 어언 20여 년이 지났고 집-회사 주변에서 벗어나 새로운 인적 네트워킹을 만들고 싶었다. 인간관계 연속선상에서 다양한 분야에서 커리어를 갖고 있는 사람들을 만나고 훌륭하신 교수님들의 가르침을 받고 가까이에서 나의 멘토가 되어줄 수 있는 분들을 찾을 수 있다는 것은 행복한 일이다. 대학교 학부 시절에 어렵게만 느껴졌던 교수님들이 이제는 부담감을 별로 느끼지 않을 만큼 편안한 나이가 되었다. 또한, 선배, 후배, 대학원 동기들과의 학문적 이해와 넓은 조직간 인적 네트워킹을 경험하며 학문적 공부는 물론 앞으로 업무를 수행할 때 많은 도움이 될 거로 생각했다. 각기 다른 기관과 기업에서 근무하는 대학원 원우들과의 네트워킹을 통해 사업체 노동시장을 이해하고 해당 직무에 대해 분석 하는 데 있어 이보다 생생한 현장 정보는 어디에도 없으리란 믿음이 있었다.

넷째, MBA 학업 커리큘럼에서 동일한 기준으로 가성비를 따져 본다면 가장 좋은 조건이 바로 서울시립대학교 경영대학원이다. 대학교 평판도 종합순위 10위안에 랭킹되어 있어 인지도 역시 좋고 다른 대학원에 비해 학비가 매우 저렴하다. 등록금이 많게는 3배 이상 적어도 1.5배 정도의 차이가 나면서도 최고의 교육 혜택을 제공받을 수 있는 최상의 조건이다. 장학금 혜택도 많은 편이다. 자치구 포함 서울시나 서울시의회, 구의회에 재직한다면 학비 감면을 받을 수 있고, 대학교 학부 성적과 면접 점수가 높은 편이면 입학 시 신입생 입학우수장학금을, 매 학기 좋은 성적을 받는다면 성적 우수 모범 장학금 등 다양한 혜택이 많이 주어지기에 이것 또한 누려볼 수 있을 것이다. 사실 나도 성적우수장학금을 받았는데 생각지도 못한 장학금이어서 너무나도 값진 경험이었다.

02

MBA 교육 과정 그리고 나의 수업 시간

첫째 아이가 "엄마! MBA가 뭐예요?"라고 질문한다. 처음에 머뭇머뭇 했지만 설명이 필요하다. 영어로 Master of Business Administration이고 우리말로 경영학 석사라고 불리지만 학문적인 면만 추구하는 일반적인 경영학 석사와는 조금 다른 개념이다. MBA는 경영대학원에서 경영학 이론을 습득하여 실제 상황에 적응하는 훈련을 하는 과정으로 고도의 실무적인 경영훈련을 실시하여 기업엘리트를 배출하는 것을 목적으로 하는* 대학원 석사교육과정이라고 말해준다. 이어서 둘째 아이가 "엄마! 서울시립대학교가 좋아요?"라고 질문한다. 그러면 나는 서울시립대학교는 서울시에서 만든 공립학교이고 엄마가 다니는 경영대학원은 1989년부터 새로운 시대가 요구하는 경영지식을 사회에 공헌하는 경영인재를 육성하기 위해 통합적인 관점에서의 경영교육, 실무중심 교육지향, 수요자 중심의 전공 영역으로 인사조직, 마케팅, 재무, 오퍼레이션스, 국제경영, 회계, 경영정보(MIS)를 운영하고 있으며 총 40여

---

* 네이버 지식백과 시사상식사전 출처

명의 교수님들이 있는 좋은 학교라고 자랑한다.

교육과정은 4학기로 진행되며 수업은 3일로 구성되어 있다. 평일 중 3일을 선택하든지 아니면 평일 중 이틀과 토요일을 선택하면 된다. 프로젝트 과제연구 수업이 목요일에 진행하는 것 외에는 모든 수업은 월요일, 화요일, 수요일 그리고 토요일로 이루어진다. 목요일, 금요일은 수업이 없어 가족들과 시간을 보내거나 직장동료들과 회식 하거나 친구들을 만나기에 좋다. 또한 하루에 한 과목만 수강하기에 마음에 부담감은 적다. 평일 수업 시간은 저녁 7시 15분에 시작하여 저녁 9시 50분까지이지만, 교수님의 재량에 따라 보통 저녁 9시에서 9시30분 사이에 마치는 경우가 많았다.

경영대학원을 졸업 시 경영학 석사학위가 수여되며, 전공 영역은 크게 7개로 나누어져 있다. 인사조직, 마케팅, 재무, 오퍼레이션스, 국제경영, 회계, 경영정보이다. 각 과목당 3학점이어서 적어도 11과목 이상, 즉 33학점 이상 취득하고 평균학점 3.0 이상이면 학위취득이 가능하다. 세부적으로는 전공에 대한 프로젝트 과제연구 과목 포함 전공선택과목 4과목, 즉 12학점 이상 취득하면 전공이수로 인정된다. 그리고 외국어 시험은 어렵지 않게 통과할 수 있으며, 졸업논문 대신 작업하는 프로젝트 과제연구는 대부분 해당 직무의 경험에서 프로젝트 주제를 찾기에 수월하게 할 수 있다.

드디어 나의 첫 수업 시간이 찾아왔다. 새로운 도전은 언제나 기대와 걱정 속에서 시작되는 것 같다. 마치 초등학교 입학해서 누가 나의 담임 선생님이고 짝꿍은 누구일까 하는 설렘으로 해당 강의

실에 들어갔다. 중간쯤 자리에 앉아 좌우를 살피고 뒤를 돌아보고 누구한테 말을 걸어볼까 생각했었는데 막상 자리에 앉으니 말 건넬 엄두도 내지 못했다. 나와 비슷한 또래를 찾고 있었지만 나보다 어린 친구들이 눈에 많이 띄었다. 같은 년도 입학동기생들을 보면 20대 후반에서 50대 중반까지 다양한 연령층이 모여있고 평균 30대 후반이다. 사실 나이는 숫자에 불과하다. 연령과 상관없이 본인이 조금만 더 적극적으로 상대방에게 다가간다면 쉽게 어울려서 공부할 수 있는 곳이 바로 MBA이다. 내 나이 40대 중반이지만 MBA에서 만난 베스트 프렌드인 열세 살 연하의 원우를 만났고, 첫 학기에서 만나서 가까운 동네 언니가 되어있는 여섯 살 연상의 원우를 만났고, 친동생 이상으로 누나라고 정겹게 불러주는 세 살 연하의 원우를 만났고, 항상 부드러운 미소로 겸손함을 보여주는 모임의 대표로 되어주신 열 살 연상의 원우를 만났다. 그 밖에 많은 사람을 만나 인연을 계속 이어가고 있다.

대학원에서 공부하면서 원우들과 함께 하는 조별 활동이 많다. 거의 매 학기 과목마다 있었다. 조별 활동을 하면서 공통 주제에 관해 서로 알아보고 의견을 나누고 최선의 내용으로 PPT 작성을 위해 과제를 연구한다. 직장 생활하면서 틈틈이 모여서 각자 영역을 정해서 준비하기에 개인 과제보다 내용 면에서 더 알차게 구성되는 것 같다. 과제 준비하는 과정에서 원우들끼리 더 친해지기도 하고, 내가 모르는 것에 대해 알고 있는 원우들로부터 많은 것을 배우기도 한다. 효과적인 PPT 작성법이나 스피치, 소통 방법 등을 배울 수 있었다.

회계 수업 때 있었던 일인데, 교수님이 회계 저널에 실려있는 논문을 여러 가지 사례를 가지고 오셨다. 그 중 우리 조가 정한 것은 「SK텔레콤의 하이닉스 반도체 인수와 발전 : 부채와 재무건전성에 대한 사례」였다. 부채에 관한 주제이지만 내용 면으로 1997~1998년 IMF 금융위기의 여파로 반도체 산업의 흥망의 역사는 물론 채권단의 수차례 매각과정에서 실패를 이기고 끝내 SK그룹이 인수하기까지의 과정이 고스란히 남아 있었다. 첫 학기 첫 조별 활동으로 처음 보는 원우들과 협업해야 하기에 더 잘해야 한다는 생각이 들었지만 막상 맡은 주제는 나에게는 너무 어려웠다. 하지만 광범위한 내용을 원우 한 명이 나서서 가이드라인을 제시해주었고, 수업이 끝나면 서로의 진행사항을 체크하고 도와주어서 잘 마칠 수가 있었다. 나는 이 주제 덕에 전 세계 반도체 시장의 역사를 알 수 있었고, 집에 오래전부터 갖고 있었던 음반 테이프, SKY폰, 그리고 스마트 교복이 모두 SK그룹의 전유물이라는 것을 알게 되어 매우 흥미로웠다. 그리고 그때 처음 만났던 원우들과 지금도 계속 만남을 지속할 수 있다는 것이 과제 이상으로 얻은 네트워킹이고 나에게 무형자산 그 자체이다.

나는 남들 다 한다는 주식을 한 번도 한 적도 없고 오로지 은행 예적금으로 자산을 관리하고 있다. 그런 나에게 재무관리 수업 시간에 모의 주식투자를 할 수 있게 되어 새로운 경험을 해볼 수 있었다. 시험은 오픈북으로 진행됐지만 답을 찾을 수 없어서 당황했던 것도 기억에 남는다. 국제경영 수업 시간에는 우리나라가 선진 국이라는 생각을 하지 못했는데 우리나라의 국제 위상을 알게 해 주었고, 강의식 수업 방식 외에도 다른 콘텐츠로 수업하시는 교수 님이 인상적이었다. 교수님은 영화의 한 장면을 보여주시면서 내용 을 시사해주기도 하고, 퀴즈를 통해 외국의 유명한 인물들을 알아 보고 국제 상식도 알려 주셨다. 협상의 기술을 임팩트있게 실습해 볼 수 있는 시간도 주셨다. 하버드 교수가 제자에게 들려주는 마 지막 수업 때와 같이 우리에게 인생을 살아가면서 알아두면 좋을 것들에 대해 말씀해주셨다. 마케팅 수업 시간에는 간식을 챙겨주 시는 따뜻한 교수님의 마음을 느끼며, 마케팅의 4P에 대해 배우고 SWOT 분석으로 핵심 강점을 찾아내기 위한 작업으로 분석적 사 고와 전략을 키우는 방법을 배웠다. 경영정보 수업 시간에는 AI, 빅데이터, 융합의 개념을 접하고 통계자료를 활용해보고 데이터를 다루는 프로그램을 배웠다. 말로만 듣던 파이썬을 해보고, 테블루 프로그램으로 다양하게 시각화로 표현해볼 수 있었다.

캠퍼스에서의 소소한 행복

퇴근 후 수업 시간에 맞춰 학교에 다니다 보니 캠퍼스를 둘러볼 일이 거의 없었다. 오로지 대학원 수업이 있는 미래관 건물만 들어 갔다 나왔다를 매번 반복할 뿐이었다. 대학원 다니는 동안 한 번 쯤은 낮에 캠퍼스가 어떤지 궁금했고 학교 시설도 이용해보고 싶 었다. 무엇보다 일명 학식을 먹어보고 싶었다.

1, 2학기 1년 동안은 학교 수업 시간에 적응하느라 그런 생각을 하지 못했다. 3학기 중간고사를 앞두고서 휴가를 내서 실행에 옮 겼다. 제일 먼저 학교 도서관에 가서 자리를 맡고 전공 서적을 빌 렸다. 이때 반드시 학생증을 챙겨야 한다. 그리고 나중에 안 사실 이지만 무인반납기가 1층 로비에 있어서 아무 때나 반납이 가능하 다. 그것도 모르고 도서관 운영 시간 내에 반납해야 하는 줄 알고 수업 시간 이전에 반납한다고 퇴근 후 열심히 뛰었던 기억이 있다.

도서관에서 두어 시간 공부하고 나니 배가 고팠다. 무엇을 먹을 까 하고 학교 홈페이지에서 메뉴를 찾아보았다. 점심을 먹는 곳이 세 군데나 있었다. 어디인지 몰라 인터넷 지도 찾기에서 검색해서 식당의 위치를 파악했다. 그날 내가 먹고 싶었던 것은 양식 메뉴였다. 양식당이라고 되어있는데 어딘지 몰랐다. 학생회관, 자연과학관은 건물 이름이어서 쉽게 알았는데 양식당은 지도에서 찾을 수 없어서 순간 난감했다. 학교 교직원으로 근무하는 원우가 있는데 갑자기 물어보려니 부끄러웠다. 인터넷 검색을 해서 블로그에 올린 글을 보고서야 찾을 수 있었다. 학생회관 바로 2층이었다. 키오스크로 식권 사는 방법도 미리 검색해서 공부했기에 수월하게 이용했다. 미리 보고 오지 않았으면 키오스크 앞에서 무엇을 누를지 몰라 망설였을 뻔했다. 나는 고르곤졸라 피자 6,900원을 결제하고 내 주문 번호가 호출되기를 기다렸다. 기다리는 동안 주위를 둘러보니 학생식당에서 식사하는 사람들이 있는가 하면, 다른 한편에서는 노트북을 켜놓고 조별 토의를 하는 학생들도 보이고, 외국인 교환학생들과 우리나라 학생들이 모여서 모임을 하기도 하고 다양했다. 그들이 무척 자유로워 보였다.

드디어 내 주문번호가 호출되어 식판을 찾으러 갔다. 고르곤졸라 피자라고 해서 큰 조각 피자 중 한두 조각이라고 생각했었는데 웬걸 커다란 접시를 가득 채운 원형 화덕 피자였다. 양이 많아 놀랐고 이 가격에 먹을 수 있다는 것이 더 신기했다. 집에서 가까우면 아이들과 같이 나눠 먹으면 좋겠다는 생각이 들었다. 남기기 아까워서 배불러도 참고 꾸역꾸역 다 먹었다. 역시 나는 잘 먹는다. 식사를 마친 후 식당 바로 옆에 있는 카페에서 달달한 아이스 캐러멜 마키아토를 들고 밖을 나왔다. 따뜻한 4월의 햇살을 받으며 벤치에 앉았다. 캠퍼스의 푸르른 나무들과 꽃들이 보였다. 내 마음속에 스멀스멀 작은 행복감이 퍼져 나왔다. 이 여유로움을 얼마만에 느껴보는지 그 순간을 돌이켜 보면 지금도 가슴이 뭉클해진다. 남편에게 전화해 때아닌 자랑을 했다. 그리고 몇 명 원우들에게 카톡으로 오늘 먹은 피자와 캠퍼스의 모습이 담긴 사진을 전송해주었다. 모두가 부러워했다. 캠퍼스에서 소소한 행복을 가득 느낀 하루였다.

🆃🅸🅿 서울시립대학교 시설 알아보기

경영대학원 건물은 주로 미래관에서 지하 1~2층에서 수업하고 있으며, 4층에 멀티미디어실이 있어 경영정보 수업 시간에 컴퓨터를 활용한 프로그램을 여기서 배운다. 3층에는 경영·경제 전문도서관이 있어 도서도 최대 15권을 30일간 빌려보고 자습도 가능하다. 빌린 책은 1층에 무인반납기에서 쉽게 반납도 가능하다. 2층에는 원우회 공간이 있어 자유롭게 이용할 수 있다. 로비에는 서브웨이가 있어 간단한 식사를 할 수 있고, 지하 1층에 커피자판기 및 1층 음료자판기가 있다. 주차장은 지하 2층으로 건물과 이어져 있기에 쉽게 이동할 수 있다. 학생증을 보여준다면 주차요금은 입차 후 24시간 하루 3,000원에 이용할 수 있으며, 월 정기권을 구매한다면 35,000원으로 이용하기에 매우 저렴하다. 주차 요금이 저렴하기에 당일 학교에 두고 그 다음날에 차를 가져가는 원우들도 있다고 들었다. 더군다나 서울시 다둥이 행복카드가 있을 때에는 3자녀 이상 50%, 2자녀 30%의 할인이 있다. 학교 구내식당은 2,000원~6,000원이고 저녁 메뉴는 오후 6시 30분 이전에 가면 이용할 수 있다. 그리고 언덕 없이 평지로 되어있는 전국에 몇 안 되는 캠퍼스인 만큼 가볍게 한 바퀴 둘러보길 바란다. 더불어 학교 주변에 배봉산이 가까이에 있기에 가볍게 산행할 수도 있다. 꼭 가보기를 추천 드린다.

04

MBA가 나에게 준 선물

뇌출혈로 쓰러 진지 이틀 만에 작고하신 나의 어머니의 마지막 모습은 작년 11월 24일이다. 자식들에게 고생시키지 않겠다고 평소에 운동을 정말 열심히 하셨다. 오전에 하루 운동량을 못 채우면 오후에라도 반드시 할당량을 채우셨다. 그날도 평소와 다름없이 아침 일찍 보라매공원으로 운동하러 나가셨다. 지나가는 사람에 의해 119 신고로 발견되어 병원으로 옮겼으나 이미 골든 타임을 놓친 후였다.

내가 꾸준히 커리어를 쌓을 수 있도록 도와주시고 회사업무에 집중할 수 있게 해주셨던 분이 바로 어머니였다. 내가 워킹맘으로 야근이나 회식할 때면 매번 어머니에게 SOS를 요청했다. 언제나 어머니는 오셔서 손자들을 돌봐주셨고 맛있는 음식을 손수 해 주셨다. 그런 어머니 덕에 첫째 아이는 햄버거, 피자보다는 할머니표 된장찌개를 더 좋아하고 둘째 아이 역시 할머니표 닭발을 더 좋아하는 건강한 아이로 자랐다. 먹는 것뿐만 아니라 감정적으로도 손자들에게 사랑을 많이 주셔서 상대방을 배려하는 아이로도 자라게 해주셨다. 내 졸업만을 기다리셨던 엄마였다. 바쁘게 사는 딸

이 늘 안타까워 보여서 조금이나마 편히 쉴 수 있는 날이 오기를 기다려 주셨던 어머니이셨다. 그렇게 졸업을 석 달을 앞두고 돌아가신 어머니에게 이 글을 남긴다.

"사랑스러운 엄마! 항상 건강하시고 즐거운 마음 가지세요. 우리 행복한 모습 늘 지켜봐주세요. 감사합니다. 그리고 사랑합니다."

갑작스러운 어머니의 죽음에 너무 아프고 힘들었다. 몇 년 전에 사전연명의료의향서를 미리 작성하셨기에 병원에서도 별다른 조치가 없었다. 오늘 하루를 넘기기 어렵다고 하는 의사 소견을 무시한 채 가족들이 큰 충격을 받을까 봐 마음의 준비를 단단히 하라는 듯이 어머니는 하루를 참으시고 또 하루를 견디시고 그렇게 해서 만 이틀 동안을 꼬박 버티시고 눈을 감으셨다. 누구든지 죽음은 예상하지 못할 것이다. 2년 전에 우울증을 겪으시고 초기 치매 증상을 보이신 아버지가 먼저 임종 준비를 하셨기에 아버지가 당연히 먼저 가실 거로 생각했다. 사전에 아버지는 스스로 준비하셨다. 영정 사진도 미리 찍으시고 장례식장에 가서 견적도 받아보시고 장례 방법과 재산관리에 대해서도 글로 적어 남겨 주셨기 때문이다. 아버지에 대해서는 어느 정도 이별의 준비를 하고 있었지만 어머니에 대해서는 전혀 마음의 준비가 없었다. 정말 조용히 많이 울었다. 딸과 엄마는 제일 가까운 사이로 나 역시 엄마와 정말 각별한 사이였기에 마음이 너무 아팠다.

장례기간 동안 바쁜 가운데에도 조문해준 원우들, 마음을 나눠준 원우들, 수업 시간에 인사 정도만 하는 가벼운 사이라고 여겼는데 뜻하지 않게 연락해준 원우들로 인해 마음이 따뜻해졌다. 정말이지 이 자리를 통해서 서울시립대학교 MBA 원우들에게 너무 고맙다고 전하고 싶다. 어머니와의 이별로 인해 사람에 대한 아픈 마음을 다른 사람들의 마음을 받음으로써 많은 위로와 위안을 얻었다. 서울시립대학교 MBA에서 이렇게 좋은 사람들을 만날 수 있었고 앞으로도 계속 이어질 인연을 생각하면 MBA가 나에게 마지막으로 주신 어머니의 선물처럼 느껴졌다. 세상에 혼자가 아니라 MBA에 와서 이렇게 좋아하는 사람들과 함께 인생을 살아간다는 것은 참 행복한 일인 것 같다.

🅣🅘🅟 네트워킹의 기회 만들기

나는 학교 수업을 마치면 기다리는 아이들 때문에 대부분 일찍 집으로 갔다. 하지만 좀 더 원우들과 친해질 수 있는 시간이 있었음에도 자주 갖지 못해 지금에 와서 아쉬움이 많이 남는다. 조용히 학위 취득을 목적으로 왔더라도 네트워킹은 필수불가결이다. MBA 준비하거나 입학을 앞두고 있는 여러분에게 네트워킹의 기회를 만드는 시간들이 아래와 같이 많이 있으니 적극적으로 참여하기를 바란다.

(1) 기본적으로 수업 시간에서 만나는 다수의 원우들과 이야기하

면서 네트워킹하기

(2) 수업 시간에 조별 활동하는 소수의 원우들과 네트워킹하기. 이
때 과목마다 다른 원우들과 조 구성해서 많은 원우들과 만나
보기를 바란다.

(3) 수업 마치면 피곤하지만 원하는 원우들과 모여서 한 잔 하면서
친목 나누기

(4) 원우회 회장, 부회장, 국장 등 임원진이 되어서 소속감 더 느껴
보기

(5) 학교 행사에 적극적으로 참여해서 원우회뿐만 아니라 동문회
원우들도 만나기

  - 서울시립대학교 경영대학원에서는 여러 행사가 많이 이루어
  진다. 대표적으로 경영인의 밤이 있다. 교수님들과 교직원, 동
  문회, 원우회 모두 모여서 저녁 식사를 하면서 서로 인사를
  나눌 수 있는 좋은 시간이다. 원우회비를 내면 1만 원으로 5
  성급 호텔에서 디너와 함께 네트워킹을 가질 수 있다. 또한 많
  은 원우들의 찬조를 받아 엄청난 경품 추첨 선물도 있다. 작
  년에는 몽블랑, 까르띠에 등 명품에 이어 한우세트, 백화점
  상품권 등 다양해서 분위기가 화끈 달아올랐다는 후문이다.

  - 전공별로 모임이 있다. 전공 경영정보(MIS)의 경우는 매년 연
  말에 교수님들의 사비로 호텔에서 저녁식사 자리를 직접 마련
  해 주신다. 학위수여를 축하하는 시간이기도 하고 이미 졸업
  한 선배들도 참석하여 전공 선·후배 간의 친목을 가진다. 선

배들 중에는 박사학위를 취득했거나 박사과정에 있는 분들도 있어 전공 심화 영역에 대해 자세히 알아볼 수 있다.

- 교수님들, 원우들과 함께 해외 현장학습은 물론 국외에서의 추억을 만들 수 있는 해외학술제가 있다. 3~5일간 숙박도 같이 하기에 몰랐던 부분까지 알 수 있어서 사이가 더 돈독해지는 시간이다. 여행경비의 약 50%는 학교에서 지원해 주기에 매우 합리적인 가격으로 해외에 다녀 올 좋은 기회이다. 해외학술제를 대비해서 연차는 많이 남겨두도록 하자.

- 오리엔테이션, 개강파티, 종강파티 등 원우회 주최 행사가 많다. 또한, 동문회와 공동주최인 스승의날 행사도 있다.

(6) 선후배 원우들과 함께 하는 소모임 이용하기

현재 트렌드 학술모임, 책보자 모임, 인문학, 산악회, 마라톤, 골프모임 등이 다양하게 있으니 본인에게 맞는 1~2가지라도 소모임에 가입해서 네트워킹을 만들어보자.

두 아들의 엄마, 워킹맘으로 공부하기

나는 두 아들의 엄마이자 워킹맘이다. 올해 3월이면 첫째는 고등학교 2학년, 둘째는 중학교 3학년이 된다. 아이들이 유치원 때나 초등학교 때 국내외 여행도 많이 다녔었고 당시 주말에는 아이들에게 많이 보고 듣고 경험할 수 있도록 체험활동 할 수 있는 곳이 있으면 어디든지 열심히 다녔었다. 박물관, 기념관, 도서관, 청소년센터 등 각 시설에서 하는 행사를 많이 이용했고 지자체 문화행사도 참여했다. 그중 기억에 남는 체험 중 두 가지를 꼽는다면 샘표 기업에서 주관하는 '유기농 콩 농장'도 있고, 동작구청 '가족 아무거나 프로젝트'에 응모해 울릉도와 독도에 다녀 왔던 것도 있다.

항상 가족과 함께하는 것을 좋아하던 첫째 아이가 초등학교 6학년이 되면서 사춘기로 인해 엄마 아빠를 따라서 어디에 가기보다는 집에서 혼자 있는 시간을 더 좋아했다. 주로 컴퓨터 게임이나 유튜브를 보거나 하였다. 그러다 보니 주말에 집에 있는 시간이 점점 많아졌다. 나는 그 시간에 주로 늦잠을 자고 일어나서 미뤄 두었던 집안일을 하거나 TV 방송 예능프로그램을 보거나 영화를 보거나 하며 시간을 보냈다. 주중에는 퇴근 후 피곤하다는 이유로 스마트폰을 보면서 하루하루 저녁시간을 보냈다. 그런 나날들이 왠지 나에게 생산성이 없는 것들로 느껴졌다. 그 시간이 무려 3년이 지나가 버렸다.

누구나 시간 앞에서는 평등하다고 말한다. 24시간 주어진 시간을 어떻게 보내느냐에 따라 삶이 바뀐다. 이대로 그냥 시간을 보내기보다는 무엇을 배울까 하고 고민하던 중에 대학원 공부가 새롭게 다가왔다. 자녀에게 공부하라는 말을 자주 하기보다는 부모가 행동으로 보여주는 것이 더 의미 있을 것 같았다. 엄마가 스스로 공부하는 모습을 보여주어 아이들이 자연스럽게 따라 하기를 바랐다. 공부를 열심히 해 학교 성적을 잘 받아 장학금을 받는 모습을 보여주면 자녀들에게 이만한 본보기도 없을 것 같았다. 금상첨화이다.

학교에 입학해서 첫 번째 학기는 평일 이틀과 토요일에 공부했었고, 두 번째 학기는 평일 3일 동안 학교 수업을 들었다. 퇴근하는 길에 학교로 가는 것은 교통편이 수월 했지만 아이들의 저녁식사를 챙겨주는 것이 가장 큰 걸림돌이었다. 아이들에게 매번 배달음식을 먹이는 것도 마음이 편하지는 않았다. 그렇다고 매번 어머니에게 요청하기에는 어머니가 체력적으로 힘드실 것 같아 고민이 됐다. 그래서 수업 없는 평소에는 집밥 위주로 아이들에게 저녁을 정성껏 해주었다. 수업 있는 날에는 데워서 먹을 수 있는 찌개나 국 위주로 아침에 만들어 놓고 출근하거나 일주일에 한 번은 어머니에게 와서 저녁을 해 주실 것을 부탁드리고, 또 한 번은 아이들이 원하는 배달 음식으로 해결했다. 아이들이 메뉴를 정해서 나에게 알려 주면 나는 배달 앱에서 주문을 해주고 수업을 들으러 갔다.

아이들 키우면서 일하면서 공부하기는 쉽지 않은 것 같다. 40대 중반에 놓인 생애 과업들이 많다. 엄마로서, 아내로서, 자녀로서, 직장인으로서, 학생으로서. 적어도 다섯 개의 역할을 가지고 있다. 특히, 시험 기간 때에 내가 왜 사서 이 고생을 하나 싶기도 했다. 공부하려고 해도 머리가 잘 돌아가지도 않고 나보다 다른 원우들이 모두 똑똑하고 잘하는데 하면서 비교 아닌 비교를 했다. 그럴수록 내 모습이 점점 작아져만 갔다. 하지만 이것 또한 즐기면 되는 것이다. 흔히들 쓰는 '이 또한 지나가리라'라는 말처럼 시간의 흐름에 맡기고 순간순간 충실히 생활하면 되는 것이다. 사회생활하면서 공부한다는 것이 쉽지 않다는 것을 교수님들도 잘 아시는지 수업 시간에 열심히 듣고 잘 따라서 과제를 수행하고, 시험 기간 앞두고 공부하면 학점 걱정은 그렇게 하지 않아도 되었다. 나의 역할에서 적절하게 잘 대처하여 이겨낸다면 나중에는 보람될 것이다.

막상 공부하려고 하면 두렵기도 하고 이 나이에 할 수 있을까 걱정하기보다는 본인이 간절히 원하고 바라는 미래의 모습을 생각하고 도전해 보기 바란다. 생각이 들 때가 바로 지금 굿 타이밍이다. 지금 미룬다면 나중에는 후회할지 모른다. 안 해보고 후회하는 것보다 해보고 후회하는 것은 진리이다. 혹여나 후회하더라도 안 해보기보다는 해보고 후회하는 것이 두고두고 여한이 없다. 워킹맘으로써 회사 일하랴 학교 공부하랴 집안일 하랴 너무 바쁘다. 그렇게 본인 일에 열중하다 보면 자녀에 대한 관심이 적어진다. 자연스럽게 자녀와 적당한 거리를 두게 된다. 그렇다고 부모·자녀 사이가 멀어지는 것이 아니라 오히려 사이가 더 좋아지는 것 같다. 적당한 무관심이야말로 집착에서 벗어나 제3자의 입장에서 자녀를 객관적으로 바라볼 수 있게 하는 것 같다. 엄마와 같이 공부하는 자녀의 입장을 이해하고 서로 격려해 주고 한다. 엄마인 내가 대학원 2년 동안 공부하고 성장해 가는 동안 아이들 역시 같이 성장한 것 같다. 부족한 나의 이 글도 첫째 아이가 읽고서 코멘트도 해준다. 대견하고 기특하다.

뜻밖의 도전, 그리고 그 결과

조슬기

ENFP 직장인의 자기 계발

호기심이 많고 하고싶은 것은 꼭 도전하며 에너지가 넘치는 전형적인 ENFP.

대학시절 방학만 되면 비행기 티켓을 예매하고 세상의 다양한 사람들을 만나며 자유인이 되겠다고 미래에 대한 준비 없이 무모한 시기를 보냈다. 그러던 중 대학 4학년 때 중국에서 한국어를 가르칠 기회가 있었다. 한류열풍이 시작되던 그 시기에 중국의 한 지방전문대학교에서 한국어과 학생들에게 한국어를 가르쳤다. 초보 한국어 선생님으로서 맨땅에 헤딩하는 심정으로 학생들에게 한국어를 가르쳤고, 시간이 지남에 따라 노하우도 생겼다. 1년간 중국 생활을 정리하고 한국으로 돌아와 청주대학교 한국어센터에서 강사 생활을 하였다.

한국에서 계속해서 강의를 하려면 대학원 석사 학위가 필요했다. 가르치는 일이 재미있었고 학생들과 관계를 맺어 나가는 것이 즐거웠다. 올바른 한국어 강의뿐만 아니라 한국어로 여러 교육콘텐츠를 만들어보고 싶었기 때문에 가톨릭대학교 교육대학원에진학하였다. 하지만 한국어 강사 생활은 불안한 고용관계, 적은 월급 등 여러가지 이유로 오래 가지는 않았다.

다소 늦은 나이에 다시 취준생에 뛰어들었고 신한금융지주회사 홍보팀으로 입사를 하였다. 신입사원 시절에 FAX를 어떻게 보내야 하는지 몰라서 FAX의 전화기를 들고 전화번호를 꾹꾹 눌렀던 어리바리 했던 것이 어제 일처럼 생생한데 어느새 직장생활한 지 10년이 훌쩍 지나가 버렸다.

그룹 사내 기자 활동을 하며 사내 블로그와 사보에 기사를 썼다. 글을 쓰는 일이 어려웠지만 유용한 정보를 읽기 쉽게 잘 정리해줘서 고맙다는 직원들의 댓글에 누군가에게 도움이 되는 글을 쓴다는 것이 뿌듯했다. 그래서 언젠가 기회되면 글을 써보고 싶다는 생각이 들었고, 이번에 같이 글 쓰자는 제안이 왔을 때 기쁜 마음으로 합류하게 되었다.

나는 2010년 신한금융지주 홍보팀에서 7년 동안 근무 후 2017년 신한은행 외환업무지원부를 지나 현재는 자금세탁방지부에 근무하고 있다.
꿈꾸던 회사에서 직장생활, 좋은 동료들과 함께하는 시간, 다양한 부서를 거치며 발전하는 업무 능력이 있었지만, 그 속에서 채워지지 않는 개인의 성장에 늘 갈증이 있었다. 그 갈증을 채우기 위해 자기계발에 늘 열을 올렸다.

영어공부를 좀 더 효율적으로 할 수 없을까? 고민하며 찾았던 TOASTMASTERS CLUB(영어스피치 클럽).

매주 멤버들이 함께 모여 발표자, 사회자, 평가자, TABLE TOPIC 진행자 역할을 정하고 각자 역할에 맞게 준비하고 모임을 끌어 나갔다. 2년 동안 총 10번의 정기 영어스피치와 모임의 홍보 부회장으로 장소섭외, 모집글 공고 등 자율적인 분위기 속에서 공동의 목표로 모임을 이끌어간다는 것이 어렵지만 가치있는 일이란 것을 배웠다. 멤버들은 한국으로 온 교수, 직장인, 교환학생 등 대부분 외국인이었다. 모임에 가면 원어민이 쓰는 표현과 부족한 나의 영어실력의 이유로 50%도 이해하기 어려울 때가 많았다.

하지만, 멤버들의 배려로 모임에 계속 참석할 수 있었다. 모르는 부분이 있어 질문을 하면 친절하게 풀어서 설명도 해 주었고, 긴장하며 발표하던 날은 잘했다고 응원도 듬뿍 담아 주었다. TOASTMASTERS 활동을 통해 영어 실력뿐만 아니라 나의 생각을 어떻게 효과적으로 전달할 수 있는지, 발표 시 무대는 어떻게 사용해야하는지, 청중과의 눈맞춤은 어떻게 해야 하는지 등 프리젠테이션하는 방법에 대해 많이 배웠다.

최근 몇 년전에 친구들이 쓰던 이모티콘을 보고 '이 정도면 나도 만들 수 있겠다!'라는 생각이 들어 무작정 아이패드를 샀다. 회사에서 디자이너로 활동하고 있는 친구에게 아이패드로 그림 그리는 방법을 배웠다. 하지만 이모티콘의 컨셉을 잡고 그림을 그리고 그 위에 모션을 더하는 기술이 너무 어려웠다. 처음 목표했던 이모티콘은 완성하지 못하였다.

디지털 드로잉을 배웠던 경험은 에코백에 아이들이 그린 그림을 디지털로 리터칭하여 굿즈를 만드는 개인프로젝트로 방향을 바꿨다. 동기부여를 뜻하는 모티베이션(MOTIVATION)과 가방(BAG)의 단어를 합하여 '모티백'이란 이름도 만들었다. 모티백가방을 받은 아이들은 자신의 그림이 프린트된 것을 보고 신기해 하기도 했고 자랑스러워 했다. 이를 계기로 서울재활병원에서 진행한 재활병원 어린이 및 형제자매가 그린 그림을 모티백으로 만드는 봉사활동에 디지털 디자인 외부 전문가로 참여하였다.

나는 직장생활을 하면서 업무 이외에 다양한 활동과 경험을 하였지만, 2020년 누구도 예측하지 못했던 코로나는 생각하지도 못한 선택의 길로 안내하였다.

02

생각도 하지 않았던 선택 MBA

활발하게 부캐로 활동하였지만, 코로나가 시작되고 환경이 변하면서 모든 것이 정지되었다. 반복되는 업무와 오늘이 어제 같고, 어제가 내일 같은 하루하루를 보내던 시기였다. 자기계발을 꾸준히 하고 있다고 생각했지만 여전히 앞으로 나아가지 못하는 유리벽이 머리 위에 있다고 느껴졌다. 직장이 아닌 직업이 필요했다.

부동산의 매매 가격은 오늘 본 집의 가격이 제일 저렴한 날이라는 농담같은 이야기가 현실이었던 2020년, 나에게도 기회가 있을 것이라는 정신승리도 무너진 어느 날, 우연히 광고 하나를 보았다. 중고차 살 돈으로 나의 미래에 투자하라는 서울시립대 MBA 광고 카피였다. 눈에 띈 광고 배너를 유심히 봤던 기억이 다음 날에도 지워지지 않아서 서울 시립대 MBA에 대한 정보를 찾아보고 홈페이지에 접속해 모집 요강을 확인했다. 서류 접수 기간이 며칠 남지 않았다. 다행히 평소 자소서를 써둔 것이 있어서 내용을 조금 더 수정하였고, 인터넷에서 다양한 자료를 통해 진학 후 학업계획서를 작성하였다. 사실 큰 기대와 목적으로 지원을 했던 것이 아니었기 때문에 학업계획서를 쓰고 나서 향후 계획을 쓰는 부분을 채워 나가기에 시간이 걸렸다.

충동적으로 '원서라도 내 보자' 결심하였고, 합격을 해도 내가 잘 할 수 있을까? 학업, 일 그리고 육아까지 3박자를 균형있게 잘 조율하며 무사히 졸업까지 가능할지 걱정이 되기도 했다. 이미 한 번 교육학 석사를 한 경험이 있는데 또 MBA까지 해야 할까?라는 고민도 있었다. 그럼에도 MBA를 해야지 결심했던 이유는 다른 기회가 나에게 주어진다면 놓치고 싶지 않았다.

졸업을 하게 된다면 마흔 살, 나의 두번째 스무살을 앞 두고 새롭게 시작하고 싶은 원동력이 필요했다. 면접 당일, 대기실에서 자소서와 학업계획서를 읽으며 긴장감을 달랬다. 선배들의 안내 속에 교수님과 면접이 진행되었고 어려움 없이 편안한 분위기에서 지원 동기와 어떤 분야를 공부하고 싶은지, 졸업 후 계획 등 몇 가지 질문과 준비한 대답으로 면접이 끝났다. 결과는 3:1이라는 나름 높은 경쟁률을 뚫고 2020년 31기 후기 서울시립대 경영대학원의 학생이 되었다.

03

비운의 코로나 기수지만
알음알음 얼굴을 익혔던 1학기

MBA는 한 가지 학문을 깊게 파는 것이 아니라, 인사, 재무, 마케팅, 국제경영, 경영정보 등 회사 경영을 위해 꼭 필요한 학문을 2년이라는 짧은 시간에 배우는 곳이다. 그렇기 때문에 시간표는 정말 잘 짜야 한 학기가 덜 피곤하다.

여기서 한 가지 팁을 전한다면, 명함을 챙겨 신입생 오리엔테이션에 참석하고, 뒤풀이까지 꼭 참석하면 좋다. 물론 학교생활과 수업 및 전공에 관한 전반적인 설명이 있는 안내 책자를 받을 수 있지만 뒤풀이 자리에서는 선배들의 경험담을 통한 강의후기를 생생하게 들을 수 있어서 많은 도움이 된다. 신입생 환영회 뒤풀이 자리에서 얻은 정보를 바탕으로 첫 학기는 경영정보시스템, 오퍼레이션스관리, 국제경영학을 신청했다.

첫 학기에 대한 나의 각오는 지금 생각해보면 살짝 비장하기까지 했다. 하지만 완벽하다고 생각했던 1학기 시간표에 생각하지도 못한 수업은 경영정보시스템. 바로 파이썬이었다. MBA에서 왜 파이썬을 배워? 라고 생각할 수도 있겠지만, 이미 해외의 많은 대학뿐만 아니라 국내에서도 경영의 기초학문으로 파이썬, R과 같은 데이터 분석에 필요한 프로그래밍 수업을 필수 과목으로 지정했다고 한다. 학교뿐만 아니라 은행에서도 직원들에게 프로그래밍 기초 수업을 들을 수 있도록 교육과정을 제공하고 있다. 그만큼 조직 내에서도 업무가 디지털화가 되면서 많은 관심을 받는 분야이기도 하다. 하지만, 내가 수업으로 배운다면 이건 다른 문제이다. 공대 쪽 공부는 전혀 예상하지 못했고 나와 상관이 없는 다른 분야라고 생각했기 때문이다. 특히, 매주 나오는 과제를 해결해야 하는 부분은 마음에 부담이 컸다. 다행히 교수님이 온라인 수업으로 아주 친절하게 프로그램 설치 방법부터 알려주셨다. 동영상 화면 속 교수님의 설명을 멈춤과 재생을 무한 반복으로 첫 과제를 마무리 했던 기억이 난다. 한 문장을 완성하기 위해 6시간을 투자했고, 어디서부터 잘못 입력한 건지 몰라 답답함에 여기저기 바다 건너 해외에 있는 친구까지 동원해 과제를 이어 나가기도 했다. 결국 한 학기를 충실히 버텨냈다. 후배 원우들과 이야기 하다보면 '파이썬 때문에 너무 힘들어요' 소리를 간혹 듣게 되는데 이제는 후련하게 이야기 해 줄 수 있다. 원우님, 계단 밟듯 하나하나 올라가다 보면 끝이 오긴 합니다.

오퍼레이션스 수업은 기업의 전반적인 운영 관리에 대해 배우는 과목이다. 토요일 오전, 온라인으로 교수님이 강의를 올려주시면 일요일이 오기 전까지 댓글로 출석 체크를 해야 했다. 아침에 눈을

뜨면 일어나서 컴퓨터부터 켜고 출석 댓글을 단 후 올려주신 강의를 들었다. 제조업에서 일해본 경험이 없어서 오퍼레이션스 과목이 아주 낯설었지만, 영상을 반복해서 들으며 개념을 익혀나갔다. 중간고사 이후에는 처음 마음과는 다르게 한 주 한 주 밀려 기말고사가 다가온다는 것을 알고 몰아서 강의를 듣고 정리하고 공부한다고 식은 땀을 흘린 기억이 난다. 주말에 딸과 함께 근처 카페에 가서 나는 밀린 강의를 듣고 그날 만큼 딸은 마음껏 유투브를 보면서 토요일 오후를 보내곤 했다. 비대면 수업은 동기들과 함께 얼굴을 익힐 수는 없었지만, 동영상 수업을 통해 이해가 안되는 부분은 반복적으로 들을 수 있고, 자율적으로 수업의 진도를 조절할 수 있기 때문에 일에 지친 직장인들에게는 장점이기도 하다.

국제경영학은 입학 전부터 워낙 유명하신 교수님의 강의로 꼭 들어보고 싶었던 수업이었다. 그래서 수강 신청할 때 제일 먼저 신청했던 과목이었다. 기업이 해외진출 시 필요한 국가 간의 관계와 전략, 협상 등 기초적인 지식을 배울 수 있다. 사실, 이 수업의 진짜 매력은 쉬는 시간이 끝난 두 번째 시간이었다. 삶에서 한 번쯤은 생각해 볼 이야기나 주제에 대한 이야기로 수업이 끝나면 인문학 강의를 한 편 들은 느낌이었다. 그리고 유일한 대면 수업이었기 때문에 31기 동기들의 얼굴을 맞대며 수업을 듣는 자체가 신났다. 첫 학기가 시작되었을 때는 쉬는 시간이면 모두 조용히 이전 강의에서 배운 부분을 복습했다면 시간이 지날수록 동기들과 인사를 하고 익숙해지면서 어떤 일을 하는지 어떤 분인지를 서로 알아가는 시간이 되었다. 하지만 우리 31기 코로나 기수는 사회적 분위기 때문인지 수업이 끝나면 각각 흩어져 집으로 돌아가기 바빴다. 선배들은 수업이 끝나면 원우들과 교류하며 진짜 MBA가 시작된다고 했지만 수업이 끝나도 함께 맥주 한 잔 하면서 이야기할 수 있는 공간을 도저히 찾을 수가 없었다. 수업이 끝나면 저녁 9시 20분~30분이었고, 집합 금지로 10시에는 주변 호프집이 문을 다 닫았기 때문이다. 오프라인 수업에서는 사람의 만남이 그리웠던 나의 마음과 같았는지 교수님께서도 긴 시간 강의를 하셨지만 이렇게 지각과 결석이 없는 기수는 처음이라고 하실 정도로 출석률이 좋기로 유명했다. 그만큼 다들 열정이 넘쳤던 동기들이었다.

이렇게 알음알음 알았던 동기들과의 첫 학기가 지나고 방학이 다가오니 숨가쁘게 느껴졌던 2020년도 어느덧 끝이 났다.

04

동기들과 전공 고민을 나누며 지나왔던 2학기

대학원 입학 후, 한 학기를 지내고 보니 시간은 쏜살같이 간다는 말이 실감났다. 3학기부터 전공을 선택해야 하는데 처음부터 확고하게 전공을 선택하고 입학한 분들도 한 학기가 지나고 나면, 어떤 전공을 선택할지 고민을 한다. 자기 업무의 연장으로 전공을 선택할지, 아니면 그동안 쌓았던 커리어와 다르게 미래를 위해 새로운 도전을 할지 말이다.

나는 지주사 홍보팀에 있었던 경력을 살려 입학지원서에는 '마케팅' 전공을 하겠다고 했지만, 막상 한 학기가 지난 후, 빅데이터와 디지털에 관심이 생기면서 경영정보(MIS) 공부가 더 흥미로웠다. 지난 학기 때 투덜대면서 배웠던 파이썬과 빅데이터 수업이 나의 마음을 흔들어 놓았다. 아는 만큼 보인다는 말이 있듯 알게 되니 경영정보와 관련된 재미난 기사나 이야기들이 눈에 들어왔다.

2학기가 시작되고 나서 코로나의 상황은 조금 완화되었다. 1학기 때는 한 과목만 대면 수업이었지만, 2학기에는 회계 원리와 마케팅 관리 두 과목은 대면수업, 경영통계 한 과목만 비대면 수업으로 수강신청하였다.

회계 원리 과목의 '회계'라는 단어가 주는 부담감에 몇 번이고 다른 과목으로 대체해야 하나 고민했지만 다른 과목을 신청 할 수 있는 선택지는 좁았다. 이내 생각을 고쳐 먹었다. 평소 배울 수 없는 분야를 배울 수 있는 것이 또 MBA의 매력이라고 생각했다. 회계원리 수업은 회계의 기본 개념부터 재무제표 작성을 위한 자산, 부채, 자본 등 관련계정의 회계처리를 어떻게 하는지 배울 수 있었다. 예전에 그룹 홍보팀에서 실적발표를 할 때면 Q&A 부분을 열심히 받아적었던 경험때문에 판관비, 감가상각비와 같은 용어들이 낯설지 않았다. 대차대조표를 작성 시 좌·우 계산이 딱 떨어질때는 묘한 쾌감도 느껴졌다.

대학원에 와서 첫 조별 과제가 시작되었다. 1학기때 친하게 지냈던 원우들과 32기 후배 원우와 함께 조를 이뤄 과제를 준비하였다. 우리 팀은 조사해야하는 부분을 명확하게 나누고, 한 사람이 취합을 해서 내용의 톤 앤드 매너를 맞췄다. 발표를 준비하면서 그룹카톡방을 통해 활발히 의견을 나누었다. 그리고 발표 날, 전체적인 내용을 알고 있었지만 본인들이 조사했던 부분은 직접 맡아서 발표를 진행하였다.

직장인이라서 바쁘다는 핑계는 MBA 조별 과제에서는 통하지 않는다. 조별 과제를 할 때 주의해야 할 점은 누구 한 사람이 희생되지 않게 역할을 정하고 맡은 부분에 대해 책임을 가지고 준비를 해야 한다는 것이다. 직장인이기 때문에 수업 시간이 아니고는 평일에 따로 시간을 내어서 만나기 쉽지 않다. 줌(ZOOM), 카카오톡 그룹 채팅, 이메일 등 소통할 수 있는 채널을 다양하게 이용해서 의견을 주고 받는 것이 많은 도움이 되었다.

마케팅은 시간이 지나도 늘 재미있는 과목이다. 10년 전, 연세대 브랜드전문가과정을 통해 브랜드와 마케팅을 처음 접했다. 기업의 다양한 사례를 즐겁게 배웠던 기억에 마케팅 관리 수업을 신청하였다. 마케팅활동에 대한 전반적인 내용으로 소비자의 구매 행동, 목표 시장의 분석 방법, 가격측정을 비롯해 브랜드 이야기까지 실무에 필요한 내용을 기업의 사례를 통해 배웠다. 수업도 재미있었지만 기억에 남는 것은 자율과제 중 본인의 직장을 포함해 좋아하는 브랜드나 마케팅 전략에 관한 발표였다. 대부분 본인의 직장에서 진행하고 있는 마케팅이나 브랜드에 관해서 발표를 하였다. 이름만 들어도 어떤 곳인지 아는 회사에서 생소하지만 우리 일상생활에서 꼭 필요한 제품을 생산하고 있는 회사까지 어떤 전략을 가지고 추진하는지 이야기를 들을 수 있었다. 마케팅 부서에 소속된 실무자부터 본부장까지 다양한 직책의 원우들이 알려준 각 기업의 생생한 마케팅과 브랜드 이야기는 어디에서도 들을 수 없는 배움이었다.

1학기 때 재미있게 들었던 교수님이 2학기 때 경영통계 과목을 맡으셨다. 경영통계는 경영학의 다양한 분야에서 요구되는 통계학의 기초로 확률 분포, 가설검정, 회귀분석 등 통계학을 배우는 학문이다. 쉽게 말해서 데이터를 통해 정보를 얻는 학문이다. 어려운 통계 용어, 이해하기 힘든 파이썬 이후 두 번째 위기의 과목이었다. 필기까지 꼼꼼히 하며 공부를 했고 중간고사, 기말고사 모두 오픈북으로 진행되었지만 올바른 답을 적은 것인지 알 수가 없었다. 시험이 끝나고 수학 좀 한다는 지인들에게 시험에 나왔던 문제에 대해 물어봤을 때도 답이 제각각이었다. 아직도 경영통계 과목을 생각하면 절로 머리가 절레절레 흔들어지지만, 어려웠던 수업도 잘 마무리했던 나 자신을 토닥여 본다.

　1년을 함께 한 동기들과 2학기가 끝날 즘, 선택했던 전공이 달라지면서 다가올 3학기와 서로를 응원하며 2학기를 무사히 마쳤다.

05

전공을 정하고 시작한 3학기

경영정보(MIS)를 전공으로 선택한 3학기가 시작되었다 본격적으로 전공 수업이 시작이었다.

비대면 수업도 있었지만 일주일 세 번의 수업을 듣는 것은 체력적으로 많이 힘들어서 전공 수업 두 과목만 들었다. 보통은 3학기 때까지 3 과목을 신청하고 마지막 4학기때는 전공수업 1과목과 프로젝트 수업으로 마무리한다.

빅데이터와 사용자경험, 4차혁명과 정보활용 과목명에서 전문가의 느낌이 느껴지는가?

기업이 빅데이터를 어떻게 활용하고 데이터를 분석하는지에 대한 이론을 배운 후, 이를 활용하여 만든 모바일 앱이나 웹 페이지의 UI(사용자인터페이스)와 UX(사용자경험) 을 통해 좋은 디자인과 나쁜 디자인인지 평가방법론을 이용해 분석할 수 있었다. 실생활에서 잘 사용하는 앱을 선택하여 사용자 관점에서 비교를 해 보았다. 우리팀은 여러가지 네비게이션 앱을 분석해보았다. 일상 생활에서 익숙하게 사용하는 앱이지만 공부를 하고 다시 보니 어떤 앱이 사용자에게 더 직관적이고 사용하기 편리하게 만들었는지 알 수 있었고, 단순해 보이지만 하나의 앱을 만들기 위해 많은노력을 기울었다는 생각이 들었다.

1학기 때 파이썬 과목이 있었고 2학기 때 경영통계가 있었다면, 3학기 때는 바로 4차산업혁명과 정보활용이었다. 수업 중간에 통계·데이터마이닝 및 그래프를 위한 프로그램인 R을 활용하는 실습 수업이 있었다. 더욱이 대면수업이었기 때문에 수업 시간에 배운 내용을 실습하면서 필기까지 하느라 정신이 없었다. 이 수업은 전문가처럼 프로그램을 다루지는 못 하더라도 데이터를 어떻게 사용하고 해석하는지에 그 목적이 있다. 나는 데이터와 프로그램을 능숙하게 다룰 수 없었기에 교수님이 칠판에 적어주신 내용은 모조리 필기를 했다. 실습을 통해 주어진 데이터로 그래프를 만들고 분석하고 패턴과 정보를 찾아내는 것만으로 의미있는 수업이었다.

06

드디어 마지막 학기 그리고 프로젝트 수업

드디어 마지막 학기, 4학기가 시작되었다. 나는 후기에 입학했기에 나의 마지막 4학기는 봄에 시작되었다. 수강 과목은 투자론, 전략적 자료 분석 그리고 프로젝트 수업이 있었다.

'제가 투자를 가르친다고 해서 투자수익률이 좋은 건 아닙니다' 라고 위트있게 말씀하셨던 교수님의 첫 인사와 함께 투자론 수업이 시작되었다. 투자론은 증권의 수익과 위험 사이 관계에 대한 이론과 모의투자를 통해 현재 시장의 흐름을 공부하며 더불어 실적이 좋은 원우들의 투자전략도 들을 수 있었다. 주식 시장에 대해 선입견이 있던 나였지만 투자론을 배우면서 관심있는 기업에 관해 공부하고 평가하며 투자하는 것도 의미가 있다는 생각이 들었다.

경영정보 전공에는 데이터가 빠질 수 없을 정도로 중요한 개념이다. 전략적 자료 분석은 데이터 분석을 통해 정보를 찾고 그에 대한 전략을 도출하는 과목으로 교수님이 준비해주신 원시 자료(RAW DATA)를 통해 필요한 정보를 뽑아 전략적으로 어떻게 사용할 것인지 마지막 수업에 발표하는 과제가 있었다. 그 데이터의 양이 방대해서 어떻게 손을 대야 하나 막막했었던 기억이 난다. 다행히 능력자 원우들과 함께 한 조가 되어서 적정한 데이터의 정보를 찾을 수 있었다. 조별 활동을 할 때 어떤 조원들과 함께하는것도 정말 큰 운이다. 평소 원우들과 교류하고 소통하는 것이 중요하다는 것을 또 느꼈다. 짧은 시간에 심도 있게 전문적인 내용을 공부하기엔 어려운 단점이 있지만, 이미 실무에서 경험을 쌓고 온 내 옆의 원우들이 때론 훌륭한 수업의 교재가 되기도 한다. 여기서 만나는 원우 한 분, 한 분도 서로가 서로에게 등록금에 포함된 소중한 배움의 기회이자 스승이다.

서울시립대 MBA는 졸업을 하려면 논문 또는 프로젝트 두 가지 중 하나를 선택할 수 있다. 한 학기 동안 연구하고 싶은 주제를 정하고 학기 내내 교수님과 의논하면서 PPT 20~30장 분량의 자료를 만들어야 한다. 프로젝트 수업이 시작할 때 주제를 정하고 진행을 하다가 내용이나 주제가 변하게 된다면 다시 써야 하기 때문에 시간이 촉박해질 수도 있다. 나는 그 당시 화젯거리였던 NFT에 관심이 많았다. '금융기업의 NFT 현황 및 활용방안'에 대한 주제로 금융기업을 포함한 각 기업에서 어떻게 활용하고 있는지에 관해 조사하였다. 기업들은 다양하게 여러 형태로 NFT 시장에 진입하였지만 5월 가상화폐 테라 시장의 붕괴가 되면서 NFT 까지 영향을 끼쳤다. 중간에 결론의 주제를 바꿔야 했지만 급격하게 변하는 가상자산의 시장을 공부하면서 앞으로 어떻게 발전해 나갈지 궁금했다. 프로젝트는 잘 마쳤지만 여전히 신기술에 대해 투기가 아닌 블록체인 기술의 본질을 잘 살리는 활용방안이 무엇이 있는지 여전히 공부중이다.

07

온라인 독서모임 책.보.자

2022년, 새해 독서를 많이 해 보자고 다짐을 했지만, 역시 혼자서 계획을 세우고 이뤄 나가는 것은 어려웠다. 용기를 내 대학원 게시판에 '잠자기 전에 책을 보자'라는 말을 줄여 책.보.자 온라인 독서 모임을 만들었다. 많은 원우들이 함께 동참하여 모임을 진행할 수 있었다. 우후죽순으로 몸짓만 키우는 것이 아니라 독서와 생각을 나누며 밀도있는 관계를 쌓고 싶었다.

매달 대학원 게시판에 모집 광고와 오픈카톡방을 만들었다. 카카오톡으로는 독서 인증을 나누고 독서 후 생각이나 공유하고 싶은 문장은 메모앱 노선을 통해 각자 자유롭게 정리하였다.

한 달에 한 번 오프모임도 진행하였다. 책과 관련된 주제를 잡고 독립작가를 섭외해서 글쓰기와 독립출판에 대한 이야기를 나누고, 대학생처럼 한강으로 피크닉을 가기도 했고, 숨겨둔 맛집을 찾아다니기도 했다. 책.보.자 모임의 최고 매력은 오프모임에서 회원님들 간 읽었던 책을 나눠보는 데 있다. 책편식이 있던 나는 멤버들 덕분에나눠준 다양한 책을 만날 수 있었다. 1년동안 모임을 운영하면서 한 달에 적어도 한 권, 많으면 세 권을 읽었고 총 스물다섯

권의 책을 완독했다.

책을 읽기 시작하면서 제일 큰 변화는 줏대없는 나의 생각을 정리해주는 것이다. 이미 알고 있는 사실인 것도 있고, 몰랐던 사실도 발견하게 된다. 내가 가진 경험과 지식으로 선택하는 것들에 대한 불안감이 있는데, 불안감이 안도로 바뀌기도 하고 위로와 용기를 얻기도 한다. 혹시 독서를 해야겠다고 마음먹은 분이 있다면, 독서 모임이나 독서 메이트를 찾아 꼭 실행해보기를 바란다.

08

당신이 MBA를 해야하는 이유

이 책을 읽으시는 분 중 대부분 국내 MBA에 대한 궁금증이 많을 것이다. MBA가 과연 지금 하고 있는 실무에 도움은 되는지, 국내 MBA는 인맥 쌓기라는데 활발하게 이루어지는지 학기 중에는 정말 바쁜지, 교수님의 학점은 잘 주시는지부터 말이다.

나 역시도 짧은 준비기간이었지만 이런 것들이 궁금했었다. 결론부터 말하자면 너무 뻔한 이야기지만 자기하기 나름이다.

MBA에서는 자기계발과 열정이 가득한 분들을 만날 수 있다. 본인의 분야에서 석사를 이미 하고, 더 큰 꿈을 위해 입학했다는 분들도 쉽게 만날 수 있고, 공부하다 보니 좀 더 전문 분야로 가고 싶다고 직장생활을 하며 박사공부를 하는 선배들을 만날 때면 대단하다는 말 밖에 나오지 않는다. 배움에는 끝이 없다는 말이 몸소 느껴진다.

앞서 설명했지만, 나는 코로나가 절정일 때 입학을 했기 때문에 수업을 같이 들었던 동기들도 비대면 수업으로 인해 잘 알지 못했다. 졸업하고 사적인 모임에서 만나'31기 입니다' 라고 인사하면 옆

자리에서 '엇! 저도 31기에요 반가워요' 라며 인사를 주고 받는 경우도 많이 있었다.

그런데도, 제한적인 상황에서도 나는 많은 활동을 했다. 트렌드 학술모임을 통해 비록 비대면이었지만 그 당시 하던 개인 프로젝트인 모티백 프로젝트에 대해 발표 할 기회가 있었다. 서울재활병원에서 봉사활동을 한내용을 이야기 했는데 발표가 끝난 후, 개인 카톡으로 응원의 메시지를 많이 받았고, 그때의 경험을 시작으로 머릿속 생각난 아이디어를 실현하고 싶었다. 이미 스타트업에서 많은 경험을 쌓은 선배들과 커피챗을 통해 다양한 경험과 이야기를 들을 수 있었다.

창업에 대한 꿈은 누구에게나 있을 것이다. 한국어 강사생활을 하면서 느꼈던 것은 학생들이 문법만큼 신경을 썼던 것이 바로 발음이었다. 그래서 학생들의 발음이 한국인과 어느정도 일치하는지 알 수 있는 앱이 있다면 어떨까? 생각을 했던 적이 있었다. 하지만 그땐 그저 막연하게 생각한 아이디어였다. 어떻게 실행을 해야 하는지 조언은 누구에게 구해야 하는지 알 방법이 없었다.

졸업 프로젝트로 NFT에 대해 공부하면서 투기가 아닌 NFT 본질을 이용할 수 있는 것이 무엇이 있을까 고민을 했었다. 그동안 아이들의 그림을 디지털라이징 하면서 느낀 점은 이렇게 귀엽고 사랑스러운 아이들의 그림이 시간이 지나면 버려진다는 것이 아쉬웠다. 모티백 프로젝트를 통해 창의력 넘치는 아이들의 그림을 따라 그리면서 힘들다기보다는 마음의 힐링이 되었기 때문이다. 디지털라이징한 그림이 아이들의 그림이라는 것을 인증할 수 있는 NFT와 연결했으면 좋겠다는 생각에 A4 한 장짜리로 아이디어 스케치를 했었다. 아이들의 꿈을 이룰 수 있는 플랫폼을 만들고 싶었기 때문이다. 다행히 나의 아이디어에 공감하고 지지해주는 팀을 만나서 아이들의 그림을 저장하고 활용하는 앱을 만들고 있다.

멤버들 모두 현재 본업을 하면서 사이드잡으로 하기 때문에 디자인, 개발, 마케팅까지 쉬운 것이 하나 없지만, 무에서 유를 창조한다는 것이 재미있고 값지다고 느껴진다.

사실, 내가 하고자 하는 의지가 있다면 꼭 MBA를 통해서 이루지 않을 수도 있다. 하지만 MBA를 통해서 내가 느낀 점은 세상이 돌아가는 트렌드를 남들보다는 빠르게 접할 수 있었다. 또한, 다양한 분야의 사람들을 만나고 이야기하면서 새로운 세계를 배울 수 있었고, 2년 동안 학교 수업을 하면서 사회를 보는 시선이 넓어졌다는 것이다.

아직도 MBA를 고민하고 있다면 2년 후 성장할 모습을 생각하며 꼭 지원하라고 이야기하고 싶다.

구씨의 해방일지

구슬

01

MBA를 해서 뭐가 달라지냐고?

1학년 1학기 마케팅 수업 시간이었다. MBA를 시작 후 첫 조별 발표였고 감사하게도 배울 점이 많은 원우님들과 같은 조가 되었다.

학부 때부터 개인 과제보단 조별 과제나 조별 발표를 선호했다. 사람마다 주어진 달란트가 다르기에 조별 발표를 통해 유의미한 결괏값과 시너지를 낼 수 있다고 생각했다. 특히 나는 대중 앞에서 말을 잘하지 못해 자료수집과 정리를 주로 담당했었는데 그렇기 때문에 어떤 면에서 나는 조별 발표의 최대 수혜자였을 지도 모른다. 그래서 이번 대학원 첫 발표도 큰 걱정이 없었다. 세상 든든한 어벤저스급 조원들과 함께였기 때문이다.

하지만 한 원우님이 네 명 모두가 발표하는 것이 어떻겠냐고 제안하셨다. 과반수가 동의했고 이러지도 저러지도 못한 채 발표를 해야만 하는 상황이 된 것이다.

그날부터 세상 모든 근심을 짊어진 사람인 양, 불안과 걱정은 부지런히 자라났고 한숨은 짙어졌다.

그야말로 총체적 난국이었다.

그렇게 걱정이 많던 어느 날, 내가 발표를 싫어하는 이유에 대해 진지하게 고민을 해보게 됐다. 질문에 대한 내 결론은 결국 잘하고 싶은 욕심, 부담감 때문이었던 것 같다. 리포트와 같은 과제는 마음에 들 때까지 수정하고 또 수정하면 된다. 그러나 발표는 딱 한 번 기회가 주어지니까. 특히 조별 발표는 부담감이 클 수밖에 없는데 내 실수로 조원의 결과물을 망칠 수도 있기 때문이다. 내 과제를 스스로 망치는 것과는 또 다른 문제다.

그때 나의 이런 불안을 눈치챈 같은 조 원우님이 계셨다. 민폐가 되고 싶지 않아 결국 나의 부족함을 고백할 수밖에 없었다. 발표만큼은 우리 학교 최고였던 원우님은 이왕 하기로 한 조별 발표이니 내가 잘할 수 있도록 트레이닝을 해주겠다 하셨다. 먼저 스크립트를 만들어 오라 하셨고, 책 읽는 것처럼 줄줄 읽지 않도록 소리에 공기를 불어 넣어 주셨고(?) 악센트와 크레셴도 포르테와 피아니시모를 활용해 인상적인 발표를 하는 법을 알려 주셨다. 본인의 발표 팁은 물론 끊임없이 넘치는 용기와 응원을 보내주셨다.

이렇게 큰 도움을 받았으니 이후 전개가 '발표를 성공적으로 마쳤고 스스로가 만족했던 발표였다'라고 했으면 좋았을 텐데 아쉽지만, 결과는 그렇지 못했다. 뛰어난 우리 조원들만큼 해야 한다는 부담감 때문에 오히려 더 긴장했고 실수를도 거듭했던 걸로 기억한다.

그럼에도 그 경험이 나를 변화시킨 소중한 경험이라 말하는 것은 원우님께서 알려주시지 않았다면 몰랐을 발표 팁을 알게 됐고, 개인 트레이닝이 없었으면 악몽으로 기억됐을 것이며 여전히 나는 차

떼고 포 떼인 궁과 같은 마음으로 발표를 했을 것이기 때문이다.

MBA를 한다고 인생이, 나의 커리어가 혁혁히 달라지냐고 물어보는 사람이 많았다. 그럴 때마다 나의 대답은 하기 나름이지만 자신 있게 '그렇다'라고 얘기했다.

학부 때 죽도록 하기 싫었던 회계 덕에 이제는 재무상태표를 보고 기업의 상태를 읽을 수 있게 되었다. 각종 조별 과제를 하며 원우님들 노하우와 아이디어를 간접 경험한 것은 덤이다. DBR과 같은 자료도 찾아 읽게 되었고 최적의 의사결정을 하는 다양한 모형과 기법을 배워 실제 업무에 적용해 보기도 했다.

최대 삼 면만 볼 수 있는 주사위지만 보이지 않는 나머지 세 면도 보려는 노력하게 된 것이다.

사실 언급한 부분들은 '살을 10kg 뺐어'와 같이 가시적으로 큰 효과가 없는 건 사실이다. 그럼에도 확실한 것은 MBA를 하지 않았다면 배우지 못했던 것들을 나는 배웠고 무엇보다 난치병 수준인 발표 울렁증을 조금은 극복했으니 그걸로 됐다 된 거다.

02

MBA에서 B0 학점 받아본 후기

(1) MBA의 입학 후 첫 학기였다. 세 과목 중 두 과목은 당당히 A+을 받았으나 한 과목에서 B0라는 MBA에서는 보기 드문 성적을 받았다. 참담한(?) 성적표 앞에서 별의별 생각이 다 들었다. 고민에 고민을 거듭하다 보니 성적이 산출되는 공식을 생각하는 데까지 이르렀는데, 성적을 공식화해 보면 대충 이쯤이지 않을까 싶었다.

성적 = 노력 × 알 수 없는 각종 변수

성적은 보통 노력의 정직한 결괏값이지만 종종 알 수 없는 변수들에 의해 노력을 넘어서기도, 노력을 무색하게 하는 것 같기도 하다. 글쓰기 능력(가끔은 반듯한 글씨체), 시스템상의 오류, 교수님과의 아이 컨택 횟수, 채점자의 스타일 등 이런 가변적 요인이 내 학점에 영향을 끼치는 것이다. 하지만 아무리 변수가 대단히 작용한다 해도 변수가 나의 진인사를 넘어설 수 없다고 생각했다. 적어도 나는 아주 성실하진 않았지만, 불성실한 학생은 아니라 생각했고 시험 전날 휴가를 내고 밤샘 공부를 했기에 도저히 납득할 수 없는 결과였다. 그래서 백 번 고민한 끝에 담당 교수님께 성적 이의 제기를 신청하기로 했다.

(2) 짧다면 짧고 길다면 긴 30여 년의 인생을 돌이켜보니 운으로 꾸역꾸역 버텨온 인생이었던 것 같다. 아주 평탄했다고 볼 수는 없지만 생각해 보면 아주 어려운 일도 없었다. 능력이 뛰어나진 않았지만 운 좋게 값진 기회들이 주어졌고 성취했다.

MBA에 입학 후 나의 인생이 럭키한 인생임이 또 한 번 증명되었다. 내 앞에 의인과 은인들이 무더기로 나타난 것이다.

발표 울렁증인 나를 위해 개인 과외를 해주셨고, 원우님들과 잊을 수 없는 여행을 했고, 원우님들 덕에 잊을 수 없는 음식을 맛보았다. (나는 왜 무교동 북엇국을 34살이나 되어서야 알게 되었는가!) 혼자서는 절대 못 했을 과제를 원우님들의 도움으로 훌륭하게 해냈으며 다른 회사, 다른 직무, 다른 직급을 간접 체험하게 해주셨다. 결국은 나에게 모두에게 최선을 다해준 원우님들이 계셨기에 행복한 학교생활이었다고 자신 있게 말할 수 있는 것이다. 내가 좋은 사람이라서기보단 내 주변엔 아주 좋은 원우님들이 많았다. 이 정도면 진짜 진짜 럭키한 인생임에 분명하다.

그렇다면 나는 나에게 최선이었던 소중한 원우님들께 진인사를 다 했던가? 돌이켜보니 아니었다. 감사한 마음은 늘 있었지만, 최선을 다해 표현하지 못했다. 부끄럽지만 애써준 마음을 당연하게 받아들인 순간도 있었다.

(3) 교수님으로부터 학점 이의 신청에 대한 회신이 왔다. 채점된 성
적을 내 눈으로 직접 확인하니 얼굴이 화끈거렸다. 그리고 추가
코멘트를 주셨다. 수업과 과제에 열심히 참여한 부분을 감안하
여 B+로 조정해 주시겠다고.

나의 초라한 시험 점수에 비하면 B0도 굉장히 감사한 결괏값이
었지만 교수님께서 나의 성실함과 참여도를 참작해주신 덕분에
성적이 조정되었다. B0가 어울리는 성적인데 B+라니. 말이 변수
지 냉탕 온탕을 오가느라 꽤 멋쩍고 부끄러웠다.

(4) 놓고 보면 성적이나 인생이나 별반 다를 것이 없다. 아무리 강
력한 변수가 존재한다 해도 후회 없을 만큼 진인사를 다 했으면
노력 앞에서 변수는 그저 변수일 뿐인 거다.

그래서 이제는 나도 나에게 이유 없이 다정했던 원우님들께, 그
리고 애정을 쏟고 싶은 것들에 내가 진인사 다해 보자고 마음먹
었다. 운이 좋아 행복한 2년 MBA 생활을 했지만, 인생은 수지맞
는 장사여야 하니까. 신세 진 빚은 갚아야지. 빚을 완벽하게 청
산은 못하더라도 원금과 이자는 꾸준히 꼬박꼬박 갚는다는 마
음으로 최선을 다해볼 거다.

(5) B0가 B+로 상향된 내 성적과 최선을 다해 나를 도와주고 아껴

주셨던 원우님들 덕에 많이 배웠다. 앞으로 스스로 떳떳할 만큼 최선을 다했음에도 결괏값이 시원치 않더라도 웃어넘길 수 있을 것 같다. 내가 노력하지 않아도 나를 위해 노력해 주고 있는, 보탬 받은 마음들을 이제는 아니까. 무엇보다 인간관계에서 진인사를 다하는 방법을 배웠고 받았으니, 이제는 내 차례다. 모두를 아껴주고 모두를 이해하고 모두를 용서하고 모두를 사랑하기 위해 전심을 다 할 것이다.

PS. B0 학점을 기억하며 2학기는 더 열심히 공부했다. 그래서 장학금도 받았다!

03

거기, 내가 사랑해 마지않았던 오퍼레이션스여

학교 입학 후 나에게 가장 잘한 일이 무엇이냐 묻는다면 나는 주저 없이 오퍼레이션스 전공을 선택한 것이라고 말할 것이다.

전공선택에는 후회가 없지만, 과정이 쉽지 않았던 건 사실이다. 핑계이겠지만 학문의 특성상 공대 출신이 유리한 건 사실이고 완벽한 우뇌형 인간인 나에게 불리한 건 어쩔 수 없는 일이다. 구차한 변명을 더 하자면 1학년 때 기초 과목인 오퍼레이션스와 경영통계도 수강하지 않은 상태였기 때문에 출발선이 남들보다 뒤처졌다는 생각도 했다.

그럼에도 내가 오퍼레이션스를 전공한 이유는 프로젝트를 쉽게 통과시켜 준다는 교수님의 말씀을 철석같이 믿은 탓이다. 전공 설명회 때 교수님께서 어느 전공보다 쉽게 프로젝트를 통과시켜 주신다고 하셨다. (이 말을 곧이곧대로 들은 나 자신 참 순진했다) 회계와 재무는 어렵고, 마케팅과 인사는 나와 어울리지 않는다 생각했고 MIS는 학부 때 전공을 해 봤으니 오퍼레이션스를 선택하지 않을 이유가 없었다. (사실 잘 몰라서 용감했던 걸 수도)

2학년 1학기 때 들은 공급시슬관리와 서비스관리는 그나마 양반이었다. 학부 때 SCM이 인기였어서 열심히 공부한 기억이 어렴풋이 남아있기도 했고 다행히 조별 과제에서 훌륭한 원우님들을 만나 어렵지 않게 넘길 수 있었다. 문제는 2학기 때 배운 경영과학이었다. 회사도 두 배나 멀어졌고 설상가상으로 말년 병장 마인드까지 더해졌다. 과목의 특성상 한 번 놓치면 따라잡기 어렵기 때문에 이대로 가다간 뻔한 결말을 맞이할 것 같았다. (망했다!)

퇴근 후 학교에 가는 건 분명 힘에 부치는 일이지만 그렇다고 그것이 불성실함을 합리화시켜 주지는 못했다. 그렇게 시간은 흘러갔고 발표와 시험 날은 다가오고 있었다.

시간이 흐를수록 시험과 과제의 압박은 커져 갔지만, 아무것도 하지 못하고 있었던 어느 날, 같은 전공 원우님께서 "언니가 슬이 시험 100점 받게 해줄게"(이 말은 아마 내가 입학 후 들은 말 중 가장 다정하고 따뜻하고 은혜로운 말일 것이다)라고 하셨고 귀한 시간을 내어 20분간 속성 과외를 해 주셨다. 그 덕에 내가 놓치고 있었던 부분을 캐치할 수 있었고 다음 스텝으로 넘어갈 수 있게 됐다. 만족할 만한 성적표는 덤이었다.

그렇게 나는 불가능할 것 같았던 것들을 성취해 나갔다.

졸업을 앞둔 지금 학교생활을 돌이켜보니 나의 졸업은 나 스스로가 한 것이 아니라 앞에서 끌어주고 뒤에서 밀어주신 교수님과 원우님들이 만들어 준 결괏값이자 선물이었다. 우리 오퍼레이션스는 교수님 네 분과 일곱 남짓 되는 원우님들로 구성된 크진 않지만 강한 전공이다. 회사에 다니며 공부를 하기 위해서는 일정량 이상의 체력을 갈아 넣고 시간을 녹여내야 하는데 녹록지 않은 상황 속에서도 학업과 일과 사람들에 대한 자세의 차이가 남다른 분들이다. E 보다 I 성향이 많아 먼저 다가오거나 일을 먼저 만들지는 않지만, 공통의 이벤트가 생기면 너나 할 것 없이 잔 다르크가 된다.

마케팅과 인사 전공에서 전공 행사를 한다기에 스불재(스스로 불러온 재앙)인 나는 그냥 지나칠 수 없었고 오퍼레이션스의 밤 행사를 하겠다고 선언했다. 그랬더니 모두가 한마음 한뜻으로 물적 자원과 재능을 아낌없이 후원해 주셨다. 교수님 네 분이 전원 참석해 주셨고 우리 스스로 기획하고 실행한 행사였기에 뜨끈한 감동은 오랫동안 지속되었다.

반 술 떴을 뿐인데 한술 뜨는 우리 원우님들을 보며 '오퍼레이션스가 오퍼레이션스 했네!' 하는 생각을 했다.

내가 오퍼레이션스 전공을 하며 크게 배운 것인데 쉽지 않은 과정을 우리가 완주할 수 있었던 이유는 MBA는 혼자 하는 것이 아니라 함께하는 것이기 때문이다. 피치 못한 사정으로 결석했을 때, 필기와 공지사항을 전달하고 모르는 부분이 있을 때 내 일처럼 알아봐 주셨다.

우리 오퍼레이션스는 결코 난이도가 낮지 않은 학문이다. 그래서 전공자끼리 연대할 수밖에 없다. 난이도가 높기에 전공 선택이 쉽지 않은 것도 충분히 이해가 된다. 그럼에도 오퍼레이션스는 모든 업무의 기본이며 업무에 활용하기에 좋은 것들을 배우기 때문에 전공 선택으로 고민하는 많은 원우님들이 오퍼레이션스를 선택하셨으면 좋겠다.

　마지막으로 부족한 학생이었지만 늘 응원해주셨던 시립대 오퍼레이션스 교수님들과 나의 부족함을 메꿔 주셨던 나의 일곱 동지들에게 감사 인사를 전한다. 모두 내내 안녕하기를, 특유의 성실함과 고운 성정이 언제 어디서나 빛을 발하기를 바라본다.

04

MBA에서 만난 인연을 인덱스 할 수 있나요?

『트렌드 코리아 2023』 '인덱스 관계' 챕터 중 일부분이다.

선망하는 '인친', 함께 덕질하는 '트친', 최신 뉴스를 알려주는 '페친', 동네에서 만나는 '실친'에 이르기까지 매우 다양한 스펙트럼을 지닌다. 요즘 인간관계는 여러 인덱스를 붙여 관리되는 형태를 띤다는 점에 착안해 '인덱스 관계'라고 이름 붙이고자 한다.

이 글을 읽고 나니 나의 인간관계 인덱스에 대해 생각해 보게 됐다. 특히 MBA에서 만난 사람들의 인덱스에 대해 고민해 봤는데 이들에게 인덱스를 붙일 수 있다면 어떻게 이름을 붙이면 좋을까 고민이 됐다. (이토록 다양한 나이와 직업군의 사람들이 모인 형태의 관계는 처음이라)

MBA에 와서 크게 느낀 것인데 MBA에 지원하는 사람들은 최소 인생에 대해 끊임없이 고민하고 있고, 본인의 삶을 사랑하기 위해 부단히 노력하는 사람들이 모여 있다는 것이다. 수업 시간, 교수님들께서 기습 질문을 하곤 한다. 교수님께서 질문을 하면 나는 대체로 질문을 피하려 고개부터 숙이고 보는 편인데 예상 밖의 대답으로 교수님을 놀라게 하는 원우님들도 많았고 오히려 날카로운 역질문으로 수업을 토론의 장으로 만드는 원우님들도 계셨다.

일반 상식은 말할 것도 없다. 국제경영 시간에 쪽지 시험을 본 적이 있는데 일반 상식에 관한 내용이었다. 나름 평소에 신문을 틈틈이 읽고 세상일에 관심이 많은 터라(부끄럽긴 하지만 고교 시절 KBS 도전 골든벨 왕중왕전에 참가하기도 했다) 자신 있게 시험을 봤으나 오만이었다. 몽골 국기와 앨런 그린스펀을 못 맞힌 건 그렇다 쳐도 파월 의장과 중국의 양쯔강을 정답으로 써내지 못했던 건 두고두고 마음에 남는다. 그렇게 그렇게 겨우 반타작이나 했으려나. 그 와중에 만점 가까이 받은 분들이 대부분이어서 나의 자괴감은 이루 말할 수 없었다. 수업이 끝나고 반에서 1등 한 원우님께 어떻게 그렇게 잘 아냐고 물어보니 그 나이 되면 다 알게 되는 거라 셨다. (나랑 몇 살 차이도 안 나면서)

이렇게 멋진 사람들이 모여있는 곳인데 많은 원우님들이 본인의 부족함을 채우기 위해, 더 배우고 싶어서 MBA에 왔다고 말씀하신다. 배움에는 끝이 없다지만 내 보기에는 완성형 직장인들인데. 나는 얼마나 더 깨지고 부딪히며 배워야하나 하는 생각에 멍해진 적이 한두 번이 아니다. 이쯤 되면 나는 교수님의 질문에 대한 대답도 잘 못하고 상식도 풍부하지 않은 특별하지 않은 원우임에 분명한데 그럼에도 우리 원우님들은 나에게 기회를 주셨고 잊지 못할 경험을 하게 해주셨다.

면접 특강, 기획력, 업무 노하우 등 그동안 배우지 못했던 부분들을 배우게 해 주셨는데 그 중 기억에 남는 것은 대학생, 취업준비생을 대상으로 강의를 해본 것이다.

원우님의 소개로 단국대에서 주관하는 메타버스 직무특강에서 나의 직무를 소개할 기회가 주어졌다. 진짜 강의실 같은 메타버스 환경에 접속해, 실무진의 이야기를 들려주는 자리였다. 메타버스 특강이라 학생들의 눈빛은 보지 못했지만, 쏟아지는 질문에서 학생들의 열정과 의지를 느낄 수 있었다. 내가 뛰어난 사람이라 생각하진 않지만 10년의 회사생활은 그들이 아직 경험해 보지 못한 나의 자산이고, 그걸 나눌 수 있어 그저 감사한 시간이었다.

강의 시작 전 걱정 넘치는 나에게 '뭐든 처음은 있는 거지'라며 무심한 듯 따뜻하게 응원해 주셨던 원우님. 원우님께서 더 좋은 발표자를 추천할 수도 있었겠지만 나에게 강의를 경험하게 해주고 싶으셨다고 한다. 강의 기회를 제공해 준 원우님께 다시 한번 감사하다고 전하고 싶다.

『트렌드 코리아 2023』 책을 덮고 나서도 한동안 고민에 잠겼으나 결국 우리 원우님들께 붙일 인덱스 명을 찾지 못했다. 원우라는 이유만으로 무한한 관심과 애정을 부어 주시는데 이 그룹을 일원화한다는 것 자체가 난센스라는 게 나의 결론이다.

『트렌드 코리아 2023』 '인덱스 관계'와는 달리 내가 인덱스 관계를 정리하지 못하는 이유는 둘 중 하나일 것이다. 내가 트렌디한 사람이 아니거나 너무 다채로운 관계를 맺고 있거나. 다른 건 몰라도 MBA에서 만난 원우님들을 인덱스하지 못하는 것은 후자임에 분명하다. 트렌드를 역행하는 일이겠지만 앞으로도 나는 이 소중한 집단을 인덱스화하지 못할 것 같다. 붙여진 이름이 없어도 그 자체로도 나에겐 소중한 관계이기에 붙일 이름을 고민할 시간에 연락 한 번 더 드리고 고마운 마음을 한 번이라도 더 전해야겠다.

05

시립대의 봄

수요일 첫 수업 그러니까 첫날부터 지각이었다. 면접 날은 추워서 택시를 타고 왔고 오리엔테이션은 친구의 도움으로 학교에 갔으니, 그날의 등굣길은 나에게 초행길이나 마찬가지였다.

지도 앱을 켜고 호기롭게 걷기 시작했지만 회기역에서 시립대까지 가는 길은 골목길인 데다가 갈림길이 많은 편이라 길의 난이도가 꽤나 높은 편이다. 여차저차해서 학교에 도착했는데 정문이 아닌 후문으로 진입하는 바람에 나의 최종 목적지인 미래관을 찾는데 예상보다 많은 시간을 할애해야 했다. 지나가는 행인 세 명에게 미래관의 위치를 물었으나 세 명 모두 시립대 학생이 아니라 미래관이 어디에 있는지 모른다고 했다. 우여곡절 끝에 미래관을 찾긴 했으나 뛰어다닌 탓에 매우 추운 날씨였지만 땀을 뻘뻘 흘렸었다. 15분이나 늦어 고개를 푹 숙인 채 죄인마냥 강의실에 들어섰다. 이것이 나의 날카로운 첫 수업의 추억이다.

길치는 공감할 텐데 복잡한 초행길은 두세 번 다녀봤다고 길이 곧바로 익혀지지는 않는다. 처음에 오답인 루트를 선택하는 바람에 길을 헤맸다면 두 번째는 오답이었던 첫 번째 루트 때문에 혼선이 올 확률이 높고 제대로 된 길을 찾는다 해도 그 길을 익히는 데까지 어느 정도의 시간이 걸린다.

그렇게 나는 매번 다른 방식으로 길을 헤맸지만, 일주일에 두세 번씩, 한 달간 학교에 다니다 보니 어느덧 사월이 되어 한 달이 지난 후에야 지도를 보지 않고 학교를 찾을 수 있었고 그제야 보이지 않았던 것들이 비로소 보이기 시작했다.

하루는 반차를 내고 오후 세 시쯤 학교에 방문했는데 낮에 보는 학교는 저녁 일곱 시가 넘어서 보는 학교와는 확연히 달랐다. 정문에는 아주 큰 목련 나무가 있었고 꽃을 피우기 위해 연둣빛 이파리들이 여기저기서 부지런히 자라나고 있었다. 완연한 봄이었다.

시립대의 봄은 아름답지 않은 날이 없었지만, 개인적으로 생각하는 시립대의 절정은 미래관 앞 겹벚꽃이 피는 사월의 끝자락이라 생각한다. 겹벚꽃은 흔히 볼 수 있는 꽃이 아닌 데다 벚꽃이 지고 난 후 화려하게 피는 꽃이라 벚꽃이 지는 아쉬움을 달래는데 이만한 약도 없다. 게다가 겹벚꽃은 벚꽃에 비해 비교적 오래 머물다 지는 꽃이라 지나가는 사월의 마지막 순간까지도 온연히 느낄 수 있게 해준다. 이제는 익숙해진 등굣길이라 지각할 일은 더 이상 없었지만, 겹벚꽃을 일 분이라도 더 일찍 보고 싶어 운동화를 신고 숨이 턱 끝까지 찰 정도로 뛰어서 학교에 갔던 기억이 난다.

시립대의 봄이 그리워서였을까. 1학년이 끝난 겨울방학 때 하루 빨리 개학하기를, 초등학생이 여름 방학을 기다리는 마음으로 기다렸다. 그토록 바랐던 2학년 1학기가 시작되었고 등교하는 발걸음은 한 결같이 설레고 반가웠지만 해가 길어지는 것과 비례해 아쉬움도 짙어졌다. 1학년 때는 지나가는 봄이 그저 야속했는데 2학년에 봄을 맞이했을 때는 졸업 후 자주 못 본다는 생각에 아쉬움이 크게 남은 것 같다.

졸업을 앞둔 지금의 나는 매서운 서울의 겨울을 견디고 있다. 겨울을 소스라치게 싫어하는 나여서 그런지 가끔 봄날 수업 끝나고 도서관에 책 반납하러 걷던 것도, 차가운 봄밤의 공기도, 벤치에 앉아 허겁지겁 먹었던 김밥도 모든 게 그리워 추억에 잠기곤 한다.

하지만 추위를 견디는 횟수가 늘어나는 만큼 3월이 가까이 다가오고 있는 걸 안다. 기분 좋은 날씨와 공기는 대개 기억을 오래 머물게 하는 강력한 트리거가 되곤 하는데 시립대의 봄이 나에겐 강렬한 기억이어서 그런지 추운 겨울을 견디는데 좋은 동력이 되어준 것 같다.

이제 곧 시립대는 정문의 목련을 시작으로 진달래 겹벚꽃에 이어 라일락까지 각자의 시간에 맞게 꽃을 피울 것이다. 학교는 멀어 자주는 못가더라도 겹벚꽃이 필 무렵엔 연례행사처럼 학교에 방문해야지. 백팩을 매고 초년생의 설레는 발걸음으로. 그렇게 나는 나의 흘러간 시간을 기념할 것이다. 영영 '안녕!' 하는 것이 아니라 더 이상 아쉬워하지 않아도 된다고 스스로를 위로하면서.

06

스승의 날 편지

사랑하는 경영대학원 교수님,

3학기가 지나가고 있습니다.

스승의 날을 맞이해 저를 사사해 주신 교수님들의 이름을 한 분한 분 아로새겨 보니 워라밸도, 피곤한 내색도 없이 강의해주신 교수님들의 열정과 애정이 이제서야 온전히 보이기 시작합니다.

10년 회사 생활을 하고 인생을 돌아보니 나이 먹는 것에 비해 성장하는 속도가 더딘 것 같아 시작하게 된 MBA였습니다.

부끄러움에 땅만 보고 다녔던 시기도 있었지만 1년이 지난 지금은 학교 가는 길이 마냥 설레고, 학교와 원우님들을 사랑하게 됐고, 성장과 나이의 압박에 덜 주저하고 있습니다. 제가 이렇게 변화될 수 있었던 것은 모두 교수님 덕이라 생각합니다.

주어진 조별 과제 하느라 소중한 원우님들을 알게 됐고, 때로는 감당 못 할 시험과 과제를 주셔서 우리가 연대하게끔 하셨고, 함께 술 한 잔 나누는 좋은 친구가 되어 주기도 하셨지요.

성실함이 부족해 배움으로 화답하진 못했지만, 교수님의 참 가르침 덕에 더 나은 사람이 되어가고 있습니다. 야간 수업 진행이 피곤하고 쉽지는 않겠지만 애정 어린 눈빛으로 바라봐 주실 때마다 저 스스로 학생 됨을 느낍니다.

그것이 저의 행복이고 제가 MBA를 하는 이유입니다.

교수님의 말씀이 다정하고 따스해서 감동받았던 순간이 한두 번이 아니지만 쑥스러움을 이기지 못해 여태 전하지 못한 마음을 오늘에서야 고백합니다.

시립대 경대원 모든 교수님들,

고맙고 존경하고 사랑합니다.

2022년 5월 15일

제자 구슬 올림

07

MBA를 통한 도전 그리고 도약

나는 글로벌 항공 특송 회사에서 항공 네트워크를 관리하고 있는 11년 차 직장인이다. 우리 회사는 산업의 핏줄이라 불리는 항공 물류 산업군에 속해 있으며, 촘촘한 글로벌 네트워크를 바탕으로 전 세계 곳곳에 1년 365일 쉬지 않고 화물을 수송하고 있다.

실제로 코로나 백신을 우리나라에 최초로 수송한 회사이며, 포춘지가 선정한 세계에서 존경받는 기업 리스트에 매년 이름을 올리는 기업이기도 하다. 물류 산업이 직면한 문제들을 멋진 동료들과 하나씩 해결해 나가며 성취했고 보람을 느꼈다.

이렇게 멋진 회사에 다니고 있음에도 이직을 결심했던 가장 큰 이유는 나의 편협함에서 탈피하기 위해서였다. MBA를 하고서야 느꼈다. 내가 얼마나 편협한 사람이었는지. 황소를 처음 보고 놀란 개구리 마냥 매일, 매번이 놀라움의 연속이었다. 다양한 직군에서 일하는 원우님들과 토론하거나 의견을 나눌 때마다 나의 단편적인 사고에 놀라고 인사이트가 넘치는 아이디어들에 감탄한 적이 한두 번이 아니다. 눈앞에 놓인 것도 잘못 보고 지나치는데 보이지 않는 것을 짚어내는 원우님들의 혜안이란!

그 덕에 많이 배우고 느꼈다. 내가 일했던 물류만이 세상에서 가장 가치 있는 일이 아님을, 물류가 아니라도 세상에는 나도 몰랐던 멋진 일들이 넘쳐난다는 사실 말이다.

원우님들의 아낌없는 서포트 덕에 3월부터 럭셔리 브랜드들을 소유한 그룹사에서 일할 기회가 주어졌다. 사실 다른 산업군과 다른 포지션으로의 이직은 아주 큰 용기와 결단이 필요했다. 그럼에도 도전할 수밖에 없었던 이유는 11년 차 결코 가볍지 않은 경력을 가진 직장인에게 다른 포지션에서 근무할 수 있는 것은 그 무엇보다 소중한 기회이기 때문이었다.

문제는 내가 회사에서 무엇을 기여할 수 있을까 하는 부분이었는데 비록 산업군은 다르지만, 두 회사 모두 회사의 제품과 서비스를 경험하는 모든 사람에게 최고의 가치를 경험하게 한다는 점에서 결이 같다는 생각이 들었다.

고객에게 최고의 Memorable Experience를 제공하기 위해 적시에 화물을 온보딩하기 위한 노력을 했고 네트워크를 신규 개발하고 운영했다. 화물의 지연 배송, 데미지 화물 등 각종 Irregular 요소를 줄이고자 고민하고 또 고민했다. 우리 부서는 회사에서 큰 비용을 지출하는 부서 중 하나라 비용관리에 특히 철저했다. 돌이켜보면 내가 일했던 모든 일이 우리 회사의 가치를 지키고 고객을 위해 했던 일이었는데 MBA가 있었기에 지금까지 해왔던 고객 만족과 존경을 다른 비즈니스에서도 할 수 있다는 사실을 이제는 알게 된 것이다.

내가 이직하려는 회사도 장인정신, 포용성과 다양성을 바탕으로 고객에게 최고의 경험을 제공하기 위해 노력하는 회사이다. 회사의 브랜드 가치를 지켜나가기 위해 부단히 노력하는 것은 기본, 나의 내외부 고객님이 우리의 브랜드의 가치를 느끼게 만들어 주는 것도 앞으로의 나의 역할이라 생각한다.

다른 산업군과 다른 포지션으로의 이직은 11년 경력의 직장인에게 기적 같은 일이다. 그런 기적 같은 일이 나에게 일어났고 그래서 나는 나의 노력의 양보다 더 큰 기회가 주어진 사실에 감사하며 겸손하게 올해를 시작하려 한다. 함께 일하자고 손 내밀어 준 다음 회사에 감사함을 전하며, 끊임없이 배우는 한 해가 될 것 같아 떨리지만 설렌다.

마지막으로 나의 성공적인 커리어 개발을 위해 물심양면으로 응원해 준, 지금의 내가 있게 도와준 원우님들께 감사 인사 전한다.

Q&A

(1) 서울시립대 MBA 전형은 언제인가?

(전기 입학전형)

- 원서접수: 11월 초 - 11월 중순

- 구술면접: 11월 말 - 12월 초

- 합격자 발표: 12월 중순

- 등록기간: (이듬해) 1월 마지막 주

- 신입생 오리엔테이션: 2월 중순

- 수강신청: 2월 중순 (OT 이후)

- 개강일: 3월 2일

(후기 입학전형)

- 원서접수: 5월 중순 - 5월 말

- 구술면접: 6월 중순

- 합격자 발표: 7월 초

- 등록기간: 7월 중순

- 신입생 오리엔테이션: 8월 중순

- 수강신청: 8월 중순 (OT 이후)

- 개강일: 9월 1일

(2) 구술 면접에서는 어떤 것을 물어보나?

- 희덕: 사업체를 만들고 운영해 본 경험도 있고 전문경영인으로 이미 역할 하고 있는 상태였기에 MBA에 지원한 동기에 주로 포커스해서 질문 하셨다.

- 슬 : 어떤 전공을 선택할 예정인지, 지원 동기, 학부 때의 전공, 회사가 멀리 있는데 학업에 지장은 없을 지 등 다방면으로 질문하셨다.

- 정야: 지원 동기와 현재 하는 일에 대해 집중적으로 질문을 받았다.

- 소영: MBA를 통해 이루고 싶은 목표에 대해서 물어보셨다.

- 슬기: 이번에 지원했지만 합격하지 못한다면 어떻게 할 것인가? 질문을 받았다.

- 승호: MBA를 지원하게 된 동기와 내가 쓴 자기소개서에 대한 내용으로 집중 질문을 받았다. 회사 업무로도 바쁠 텐데 학업을 잘 병행할 수 있는지에 대해서도 질문을 받았다.

- 영희: 지금 하고 있는 업무와 경영대학원 학업과 어떤 연관성을 가졌는지, 집 근처에 있는 여러 대학교를 두고 왜 시립대를 지원한 이유가 무엇 인지에 관해서 물어보셨다.

(3) 입학 오리엔테이션에는 꼭 참석해야 하나? 불참 시 관련 정보는 어디서 얻을 수 있나?

- 희덕: 참석을 권한다. 다양한 정보들을 직접 듣고 질문할 수 있다. 만약 직 접 듣지 못하면 경영대학원 행정실이나 원우회 카페, 대학원 홈페이 지 등에서 자료는 취득할 수 있다.

- 슬 : 가급적 참석하는 것을 추천한다. 말 그대로 오리엔테이션이다. 학교 생활에 필요한 대부분의 정보를 얻을 수 있다. 불참이 불가피하다면 개강 후 OT에 참석했던 원우들에게 자료와 팁을 요청하는 것이 좋을 것 같다.

- 정아: 자료는 공유되기에 필요한 정보는 추후라도 얻을 수 있으나 수업 시간과 동일한 시간에 시행되는 만큼 등교 시뮬레이션(?)의 기회로 거리 및 시간을 가늠하는 기회로 삼아보는 것도 좋다. 원우들의 연락처를 공유할 수 있는 원우수첩에 정보 등재를 위한 개인정보 동의가 OT에서 이루어지는데, 이건 될 수 있는대로 동의하기를 권한다. 처음에 안 하고 지나가서 이후 많은 불편함을 겪은 1인.

- 소영: 지금도 연락하는 원우들이 OT 때 같은 테이블에 앉았던 친구들인 것을 생각하면 오티는 대학원 생활에 상당한 도움이 된다고 본다. 기본적인 정보는 어디서든 얻을 수 있지만, 처음에 와서 서로 모르는 서먹함을 깨고 인사를 한 뒤 첫 번째 수업 시간에 다시 만나면 왠지 모를 깊은 유대감을 느끼게 된다.

- 슬기: 오리엔테이션은 꼭 참석해야 한다. 수업 추천부터 동아리 모임까지 선배님들과 이야기할 수 있는 첫 단추이다. 내가 입학할 때는 코로나 때문에 줌으로 따로 학교생활 Q&A시간을 가져 도움이 되기도 했지만, 모니터에서 보는 것과 얼굴을 맞대고 이야기하는 것은 또 다른 기분이었다.

- 승호: 오리엔테이션은 꼭 참석하길 바란다. 함께 수학할 동기 및 선배 원우들을 입학하기전에 볼 수 있는 것은 당연하고 학교 생활 및 수업

정보에 대하여 좀 더 자세히 알 수 있다. 더불어 MBA에 대한 나만의 궁금함을 해소할 수 있는 Q&A 시간이 주어진다. 만약 오리엔테이션에 어쩔 수 없이 참석 못한다면 원우회 임원진이나 학교 행정실에서 정보를 얻을 수 있다.

- 영희: 혼자서 알아보던 학교 정보를 한 자리에서 대부분 알 수 있어 가급적 참가하기를 권한다. 교수님의 인사말, 학위과정 및 교과목 안내, 수강 신청 및 학교생활 안내, 원우회 소개 등 현장에서 직접 들으며 궁금한 것은 바로 문의하여 답을 얻을 수 있다. 아무래도 불참석보다 참석하는 것이 조금 더 빨리 학기 시작 전 사전 준비는 물론 마음의 각오를 할 수 있는 것 같다. 하지만, 바쁘다면 굳이 참석 안 하더라도 오리엔테이션 안내 책자를 보면 쉽게 알 수 있으며, 궁금증은 행정실에 전화하면 친절하게 안내받을 수 있으니 편하게 생각해도 좋을 것이다.

(4) 오랜만에 학교에 다시 다니려 하니 막막한데 빠른 적응을 위한 신입생의 필승 팁을 하나만 꼽으라면?

- 희덕: 오랜만에 학교에 오면 누구나 낯설기에 동기 원우나 선후배에게 먼저 다가서 보는 것이 좋을 것 같다.
- 슬 : 빠른 적응을 위해서는 용기가 필요한 것 같다. 먼저 인사할 용기, 하교 후 역까지 같이 가자고 제안할 용기, 단톡방에 댓글 달아볼 용기.
- 정아: 입학 후 초기 적응을 돕기 위해 조를 짜주는데 여기서 먼저 적극적으로 활동해볼 것을 추천한다. 누군가 먼저 나서서 적극적으로 조원

을 규합하면 여기서 좋은 인연을 많이 만들 수 있다.

- 소영: 뭐든지 나서서 해보는 것이 필요하다. 위의 나열된 것들을 한 번씩 다 해보시기를 권한다.
- 슬기: 무엇이든지 적극적으로 참여하라고 권한다.
- 승호: 학교 내에서 눈 마주치는 누군가가 있다면 용기를 내고 먼저 인사할 것. 교수님, 선배, 동기 원우 등 아니면 완전한 경영대 학부생이건 그냥 가벼운 눈인사와 함께 목례정도라도⋯. 조직 관리 경험이 있다면 일단 어떤 모임 또 수업내 구성된 조직 등에서 장(將)이 되라는 거, 무조건 손 들고 자진할 것.
- 영희: 나만 낯설고 어색한 것이 아니라 다른 사람들도 나와 같을 것이라고 생각하고 내가 마음을 열고 먼저 다가가면 좋을 것 같다. 예를 들어, 먼저 인사하기, 다시 만나면 먼저 안부 묻기, 쉬는 시간에 먼저 자판기 커피 마시자고 하기, 수업 시간에 먼저 발표하기, 팀플활동이라면 팀원 중 먼저 의견 제안하기 등 여러 가지가 있다.

(5) 본인만의 공부팁을 알려 달라.

- 희덕: 선배기수나 후기 입학이라면 전기 동기를 통해서 정보나 꿀팁을 얻을 수 있다. Kmooc의 동영상 강의도 도움되었다.
- 슬 : 갤탭을 적극 활용했다. 생각보다 프린트물을 가져오지 못해 필기나 진도를 따라가는 데 어려움이 있는 분들이 있다. 갤탭만 있으면 강의 자료 다운도 용이하고 필기도 바로바로 할 수 있다.
- 정아: 노트북을 활용했는데 PDF로 제공되는 강의 자료를 PPT로 변환해

서 슬라이드노트에 기록하는 방식을 주로 썼다. 타자가 빠른 편이라 요약형식으로 강의를 기록하면서 듣고 이후 한 번 더 읽어보면 이해하기 좋았다.

- 소영: 선배들과 자리를 많이 가지다 보면 꿀팁이 가득 방출된다. 운이 좋으면 예상문제도 얻을 수 있다.
- 슬기: 나 역시 갤탭을 사용했다. 특히 갤탭 어플 중 Notability 앱을 사용하였다. 필기를 하면서 녹음을 할 수 있고, 필기한 부분을 터치하면 그때 녹음된 부분이 재생되기 때문에 시험 기간 때 유용하게 사용하였다.
- 승호: 교수님과 아이 컨택(Eye contact). 자연스레 수업에 집중하게 되고 필기하게 될 것이며 교수님께 미안한 마음이 들어 발표든 시험이든 뭐든 열심히 하게 됨.
- 영희: 수업 시간에 열심히 교수님 강의 듣는 것이 제일 중요하다. 성실히 수업에 참여하면 적어도 기본 학점이상은 받을 수 있다. 그리고 모르는 것은 원우들한테 물어보면 거의 해결할 수 있다. 똑똑한 원우들이 정말 많다.

(6) MBA에서 '이 과목 꼭 들어야 한다' 추천 과목을 하나만 꼽자면?

- 슬 : 경영과학 수업을 추천한다. 과목명이 주는 어려움 때문에 신청을 망설일 수 있는데 업무에 적용할 만한 것들을 많이 배운다.
- 정아: 기초선택으로 재무관리. 머리에 쥐가 난다는 표현이 맞을 만큼 어려웠지만 화폐의 시간가치, 가치평가 원리, 채권·주식가치평가, 자본

시장이론, 자본비용 등 기업의 재무적 의사결정 개념 및 도구에 대해 재무전공을 하지 않더라도 MBA이니까 꼭 한 번 들어보자.

- 소영: 마케팅 전공자라면 소비자행동론과 마케팅전략 수업을 추천한다. 특히 개인적으로 플립러닝방식의 수업은 기본적인 전공의 지식습득은 물론 주도적인 팀별 프로젝트가 가능해서 경영대학원 수업의 백미로 꼽을 만하다. 전공과 무관하게 추천하자면 투자론 수업은 주식투자를 망설이는 분들이 꼭 들으셨으면 한다.

- 슬기: 1학기 때 들었던 국제경영학 수업을 추천한다. 워낙 유명하신 교수님 강의기도 하고, 수업이 끝나면 경영학과 인문학을 동시에 들은 느낌이 든다.

- 승호: 어느 하나 중요하지 않은 것이 없는 MBA 기초 수업! 회사를 다니거나 운영하는 직장인 사업가라면 기초 회계 정도는 알아야 되지 않을까? 그래도 전공은 마케팅을 권한다. 우리는 회사를 다니든지 아니면 사업을 하든지 결국 마케팅을 해야만 하니……!

- 영희: 경영정보시스템과 전략적 자료분석 두 과목을 교수님 한 명한테 배웠다. 경영정보시스템 수업 시간에는 4차산업혁명 시대에 걸맞게 빅데이터, 인공지능, 융합, 딥러닝, 머신러닝, CRM 등 용어를 가까이에서 접할 수 있었으며, 전략적 자료분석 수업 시간에는 빅데이터를 활용한 다양한 실제 사례들을 보고 데이터를 어떻게 분석하고 전략을 수립하는지에 대해 배울 수 있었다. 그리고 관계 중심적인 교수님의 성향으로 수업 마친 후에는 종종 네트워킹 시간을 가졌다.

(7) 영어로 진행되는 수업이 있는가?

- 슬 : 강의 자료가 영어로 되어있는 수업이 있다. 하지만 교수님 설명만 잘 듣는다면 진도를 따라가는데 어려움은 없을 것이다.

- 정아: 강의 자체가 영어로 진행되는 수업은 없었지만 강의자료가 영어로 되어 있거나 과제로 영어논문을 읽고 발표해야 하는 경우는 있었다. 요즘은 워낙 번역기가 잘 나와서 큰 어려움은 없이 할 수 있다.

- 소영: 인사관리 수업 때 하버드비즈니스리뷰를 영문으로 보고 요약하는 과제가 주기적으로 있었다. 실무적으로 뿐만 아니라 영어공부에도 도움이 되니 2배로 유익하다고 할 수 있겠다.

- 슬기: 영어로 진행되는 수업은 없었지만 강의 자료가 영어로 되어 있어 부담이 될 수도 있지만 크게 어렵지는 않았다.

- 승호: 영어가 핸디캡이라면 걱정하지 말 길, 영어로 진행되는 수업은 없었다.

- 영희: 영어로 진행되는 수업은 없었고, 강의자료가 영어로 되어 있었지만 그렇게 해석을 많이 요하는 정도는 아니었다. 수업 시간에 교수님 말씀만 들어도 쉽게 이해할 수 있는 정도였다.

(8) 학교에서 이건 꼭 해보자.

- 슬 : 반차를 내고 학교에 일찍 가보자. 중앙도서관도 학식도 학부생으로 돌아간 느낌 & 내가 진짜 학생이 되었구나 느낄 수 있다.

- 소영: 토요일 수업전에 아침식사를 같이 하고 수업에 들어가는 것. 하루 정도는 일찍 도착해서 원우들과 함께 학생식당에서 밥을 먹고 들어

가는 것도 재미 중 하나이다.

- 슬기: 축제 참여하기. 마지막 학기 때 5월 축제기간에 학교에 잠시 들린 적이 있었는데 학부생 때처럼 즐기지는 못했지만, 다음에 시간이 된다면 꼭 주점에서 막걸리 마시러 참여하고 싶다.
- 승호: 하루는 연차를 내고 친구들과 놀러가기!
- 영희: 학교 시설 춘천시 소재 강촌청소년수련원에 예약하여 가족이나 원우들과 즐거운 시간 보내기!

(9) 학교에 주차가 가능한가?

- 가능하다. 매 학기마다 개강 전에 (2월, 8월) 주차등록을 받으며 등록을 완료한 차량에 한 해 3천 원으로 종일 주차가 가능하다.특히 청량리역을 자주 이용하는 여행가라면 하루 종일 주차해도 3천원인 학교 주차장을 이용할 수 있다는 사실.

(10) 원우회는 가입해야 할까?

- 슬   : 원우회비 이상의 행사와 기회가 제공되니 가능한 가입하는 것을 추천한다.
- 소영: 원우회비 이상의 경험을 할 수 있어 추천한다.
- 영희: 원우회에 가입하면 학과 행사에 적극적으로 참여할 수 있는 모티브가 되기에 적극 추천한다. 원우회비 이상의 값어치와 다양한 경험을 할 수 있다.

(11) 가장 기억에 남는 행사를 하나만 꼽으라면?

- 슬 : 전공자들과 함께한 오퍼레이션스의 밤 행사. 전공자들이 직접 기획한 행사인데 전공교수님들과 전공동기, 졸업생들, 후배기수 전공자들까지 한 자리에 모여 1년을 마무리하는 시간을 가졌다. 잊지 못할 추억이다.

- 정아: 코로나 기간, 잠시 거리두기가 완화된 시점에 입학 후 처음으로 전체기수 모임이 있었다. 다들 이런 모임에 목말라 있을 때였기에 같이 자리할 수 있다는 것 만으로도 감격스러울 정도였다.

- 소영: 마케팅 전공자들의 모임인 '마케팅의 밤'이 기억에 남는다.

- 승호: 뭐니뭐니 해도 MBA의 꽃은 해외학술제다. 교수님, 원우 친구들과 자유로운 해외여행! 잊지 못할 사건사고는 덤이다.

- 영희: '경영인의 밤' 행사에 참가하여, 좋은 장소에서 교수님과 선·후배 원우들과의 화합의 시간을 가졌던 것이 제일 기억에 남는다.

(12) 서울시립대 근처 맛집을 하나 소개해달라.

- 슬 : 서울시립대에서 청량리역 쪽(전농동사거리 방향)으로 가다 보면 부산슈퍼라는 식당이 나온다. 김밥과 떡볶이는 대체불가능한 필승조합이다.

- 정아: 학교 앞 둘둘치킨. 수업 후 간단히 자리하기에 부담 없고 심지어 맛있다. 골뱅이 무침 추천.

- 소영: 북촌 가는 길에서 수업이 끝난 후 삼치구이에 소주 한 잔 해보시기를 추천한다.

- 승호: 전농동과 답십리의 낮은 서울 풍경을 느끼고 싶다면 해피디쉬클럽의 루프탑을 찾아 보시길~
- 영희: 서울시립대에서 걸으면 12~15분, 청량리역에서 걸으면 5~7분 거리에 소고기 편백찜을 먹을 수 있는 정편백이라는 식당이 있다.

(13) 서울시립대 MBA에서 가장 마음에 드는 것은 무엇인가?

- 슬 : 배봉산을 끼고 있다는 것. 가끔 토요일에 일찍 학교에 와 배봉 둘레길을 걸어보자. 다른 학교에서는 느낄 수 없는 서울시립대 최고의 복지다.
- 정아: 장·단점으로 동시에 꼽아지는 요소인데 '시립'이기에 교수님들이 공무원이라는 것. 그만큼 더 까다롭게 검증되고 갖춰야 할 요건과 수준도 높다고 생각한다.
- 소영: 가성비를 빼놓을 수 없다. 상대적으로 저렴한 등록금에 열정적인 교수님들의 수업을 들을 수 있다는 점이다.
- 승호: 대한민국 수도 서울시의 빵빵한 지원이 있다. 그렇지 않아도 합리적인 국공립 대학교 등록금에서 또 반값. 더불어 다양한 학술 활동 지원비.
- 영희: 대학교 브랜드 호감도 높은 서울시립대에서 훌륭한 교수님들의 가르침을 저렴한 학비로 최고의 교육을 받을 수 있어 가장 마음에 든다.

(14) 나에게 MBA는 **다.

- 슬 : 나에게 MBA는 '자아성찰의 시간'이었다. 돌이켜보면 끊임없이 나의 부족함과 마주하고 이겨내려 고군분투한 시간이었지만 늘 주변에 함께한 원우들이 있었기에 힘들고 어렵기만 했던 것은 아니다.

- 정아: 나에게 MBA는 '비긴 어게인'이다. 100세 시대 딱 절반의 50세에 시작하게 된 것도 의도하지는 않았지만 뭔가 인생 나머지 절반의 시작을 여는 듯 상징적인 의미가 있다.

- 소영: 나에게 MBA는 '시작점'이다. 여기에 오지 않았다면 나머지 20년을 지금까지의 20년과 별반 다르지 않게 살았을 것이다. 새로운 시도를 할 수 있는 많은 정보들, 그리고 도와주기를 원하는 오지랖 심하게 넓은 선배들이 있으니 적극 활용하시길 권한다.

- 승호: 나에게 MBA는 '리프레시' 였다.

- 영희: 나에게 MBA는 '도전'이다. 새로운 영역으로의 도전이었다. 바쁜 일상 가운데 2년의 시간에 도전한다면, 평생 그 이상의 가치가 되어 삶을 더 윤택하게 만들어 줄 것이다.

퇴근길 MBA

처음 MBA에 대한 글을 쓰고자 마음먹었을 때, 내가 감히 'MBA'라는 주제를 가지고 사람들에게 이야기해도 될까? 하는 생각이 제일 먼저 들었다. 경영 분야의 수많은 전문가와 나보다 더 좋은 환경에서 MBA를 경험한 분들이 많을 텐데, 내가 MBA에 대하여 논한다는 것이 가당한 일인가?

그래도 용기 내어 책을 쓰게 된 이유는, 분명 나와 같은 마음으로 MBA 관련 서적을 뒤적이는 누군가가 있을 것이라는 생각에서였고 그런 분들을 위해 MBA에 대한 전문적인 지식보다는 실제 MBA에서 경험한 것들, 또 일어날 수 있는 일들에 대해 같은 궁금함을 가진 누군가에게 들려줄 이야기를 쓰기로 했다.

이 책을 만드는데 같이 한 일곱 작가분은 각자 다른 삶의 환경에서 다채로운 인생 경험이 있는 분들이다. 유명한 작가들도 아니며 우리 주변에서 흔히 만날 수 있는 직장 동료, 팀장, 상무, 대표이사 등 유명하지 않아 더 친근한 분들의 인생과 학교에서의 일상을 담은 퇴근 후 MBA에 대한 이야기는 어쩌면 이 책을 읽고 있는 독자분들의 이야기일지도 모른다.

책을 쓰자고 마음만 먹고 실행에 옮기지 못하고 있을 때, 자진해서 '책 쓰기' 모임을 구성해 주고 리더가 되어 준 구슬 원우가 참으로 고맙다. 일곱 작가 중 가장 어리지만, 강단 있고 계획적인 친구이기도 하다. MZ답게 다양한 사회적 이슈나 주제에 나와 다른 관점으로 날 선 비평을 늘어놓아 나를 당황하게 만들 때도 있었지만 내면의 풍부한 감수성으로 타인을 생각하는 품은 나이답지 않게 넓다. 이 친구가 프롤로그에 등장하는 그 친구이기도 하다. MBA 과정의 전문적 지식과 인연(因緣)의 수혜자로 새 직장에서 또 다른 인생을 만들어 가고 있는 바쁜 와중에 책 쓰기를 주도하는 리더로서도 멋진 모습을 보여주고 있다.

엄마 같은 때론 친누나처럼 언제나 편안함을 제공해 준 영희 원우. 그녀는 나뿐만 아니라 다른 원우들에게도 그런 인상으로 남았다. 꿈 많은 소녀로 캐나다와 일본으로 유학을 다녀온 만큼 자신의 인생에 대한 투자를 아끼지 않았던 커리어 우먼으로, 일본어를 능통하게 구사하여 관련 분야에서 직장 생활을 하다 두 아들을 낳고 키우느라 회사를 그만둘 수밖에 없었던 경력 단절 여성이기도 하다. 하지만 직업상담사 자격증을 취득하여 6년간의 경력 단절을 딛고서, 현재 커리어 컨설턴트로서 자기 일을 사랑하며 자녀와 함께 공부하는 모범적인 엄마이기도 하다. 새로운 영역을 위해 MBA

에 도전하여 늦은 시간까지 공부하는 모습은 참 멋있게 보였다. 흔한 우리 사회의 엄마, 누나의 모습으로 MBA에서의 '청소년기 자녀를 둔 워킹맘의 공부'에 대한 진솔한 이야기를 들을 수 있어 정말 고마웠다.

개인적인 이유로 5년에 걸쳐 학교생활을 이어가고 있는, 이미 MBA에 대한 책을 출간해 본 경험이 있는 센스 만점 소영 원우의 참여도 고마웠다. 서울시립대학교 MBA 과정의 여러 기수들 사이에서 인싸이기도 하며 다양한 학술모임의 임원이기도 하기에 가지고 있는 이야깃거리도 풍부하다. 같은 마케팅 전공으로 '소비자 행동론', '마케팅 조사론', '마케팅 전략' 등 세 과목을 함께 들으며 지켜봤던 그녀의 수업에 임하는 자세와 조별 과제에서 팀을 리딩하는 모습이 인상적이어서 책 쓰기를 함께하고 싶은 마음이 들었다. 마지막 학기 '마케팅 전략' 수업 후 집으로 향하던 어느 늦은 밤, 급작스러운 전화로 책 쓰기에 동참을 권했을 때 흔쾌히 수락해 주었던 점, 너무나도 감사하게 생각하고 있다.

나는 희덕 원우의 첫 모습을 잊을 수가 없다. MBA 32기 후기 원우들의 오리엔테이션이 있던 날, 행사의 시작부터 끝까지 환하게 웃으며 앉아 있던 한 분이 계셨는데 그분이 바로 희덕 원우였다.
환갑에 가까운 나이가 무색할 만큼 열심히 공부하던 모습, MBA 원우 활동에는 빼놓지 않고 참여하던 열성과 아들, 딸뻘 되는 동기 원우들을 챙기는 자상함까지, 그의 모든 MBA 발자취에 대하여 감사함을 표한다.

그의 인생 경험은 책 한 권에 녹여 내기에도 부족할 만큼 풍성하다. 사원부터 시작해 매출 2천억 원 회사의 오너가 되기까지 좌충우돌 인생사, 그렇게 키운 회사를 대기업에 M&A시키고 또 다른 정보통신 회사에서 전문 경영인으로의 인생. 그 모든 경험에도 다시 도전하는 MBA. 그는 이 시대 진정한 경영인이다.

책을 출판해 본 작가들이 글을 잘 쓰는 방법으로 한결같이 말하는 것은 '책을 많이 읽어보는 것'이다. 이 책을 출판하기 위해 함께 해준 슬기 원우는 그런 부류에 속하는 사람이다. 시립대 MBA의 '책 보자' 모임 창립자이기도 하고, 하나밖에 없는 딸을 위한 '동화책'을 출판해 본 경험이 있는 경력직 원우이다. 국내 굴지의 금융 회사에서 매일 바쁜 일상을 살아내고 있지만, MBA를 다니는 것도 모자라 배운 지식을 활용해 아이들의 그림을 저장하고 활용할 수 있는 서비스를 기획하고 준비하고 있다고 한다. 더불어 다양한 세미나와 학술 모임에도 적극적으로 참여하고 있는 참으로 대단한 파워 우먼이다. 해맑게 웃는 모습이 매력적인 슬기 원우, 그녀의 멋진 삶에 힘찬 박수를 보낸다.

그리 덥지 않았던 늦가을 무렵의 점심시간으로 기억한다. 정아 원우에게 함께 책을 쓰자고 제안한 날이었다. 회사 가까운 곳에 근무하는 정아 원우에게 미리 점심 약속을 하고 찾아갔다. 가끔 같이하는 점심이기에 그리 이상한 것도 없는 약속이었지만 그날은 함께 밥을 먹는 내내 유난히 진땀이 났다. 책 쓰기에 같이 동참하자는 이야기를 꺼내야 하는데 이전에도 여러 번 제안했다 거절당한 경험이 있어 다시 말을 꺼내기가 꽤 어려웠다.

구슬 원우와 책을 써보자고 뜻을 모았을 때 제일 먼저 함께하기를 바랐던 원우가 바로 정아 원우였다. 입학해서 학교생활을 더욱 뜻깊고 재미있게 해주었던 분이다. 열 살이나 많은 누나이지만 생각과 외모는 열 살 동생이라고 해도 의심치 않을 만큼 젊고 열린 사고의 지성인이며 글로벌 명품 브랜드 회사의 여성 임원이다. 가끔 방과 후 회식 자리나 MT 등 과외 행사 자리에서 접한 정아 원우의 인생 이야기와 모습이 참 기억에 남았다. 아이들을 키우며 일했던 투쟁적인 삶의 이야기는 부잣집 막내딸로 자랐을 것 같은 우아하고 여유로운 자태와는 참 어울리지 않았다. 퇴직 후 새로운 사업을 꿈꾸는 이야기를 할 때는 꿈 많은 어린 소녀 같기도 했고 자상하고 사랑 넘치는 남편을 대할 때는 천생 여자다운 아내, 해외에서 걸려 온 전화를 받고 영어로 위트 넘치는 대화를 할 때는 이 시대 최고 전문직 여성의 모습이기도 했다. 우리 MBA를 위해 어렵고 큰일이 있을 때마다 자발적으로 일을 도맡아 헤쳐 나가 주었던 그래서 우리 MBA 생활을 좀 더 빛나게 만들어 주었기에 무한한 감사의 뜻을 표한다.

마지막으로 이런 멋진 분들과 함께 MBA를 경험할 수 있게 기회를 제공해 준 회사와 직장 동료들, 2년간 내가 학교에 가 있는 매주 삼 일의 시간 동안 혼자 아이들을 돌보았을 아내 은선, 그리고 아빠의 빈자리를 방과 후 과제와 씨름하며 메꾸었을 주원, 채원에게 감사의 말을 전한다.

2023년 4월, MBA 학위를 받고 졸업한 지 두 달이나 지났지만 여전히 평일 저녁이면 서둘러 퇴근해 서울시립대학교 미래관으로 향해야 할 것 같은 생각이 들 때가 있다. 이제는 남들처럼 전쟁터 같은 일터를 벗어나 편안함만 있을 것 같은 집으로 향하는 퇴근길을 맞이했는데, 이런 생각이 드는 이유는 무엇일까?

편히 집으로 향하는 퇴근길, 나는 어쩌면 주경야독하며 피곤을 한탄했던 '퇴근길 MBA'가 벌써 그리워졌나 보다.

2023년 4월 15일
박승호

퇴근길 MBA